TAKE
SHOBO

猫公爵様はお世話係を愛玩したくてたまらない

花菱ななみ

Illustration
すがはらりゅう

蜜猫
MitsuNeko

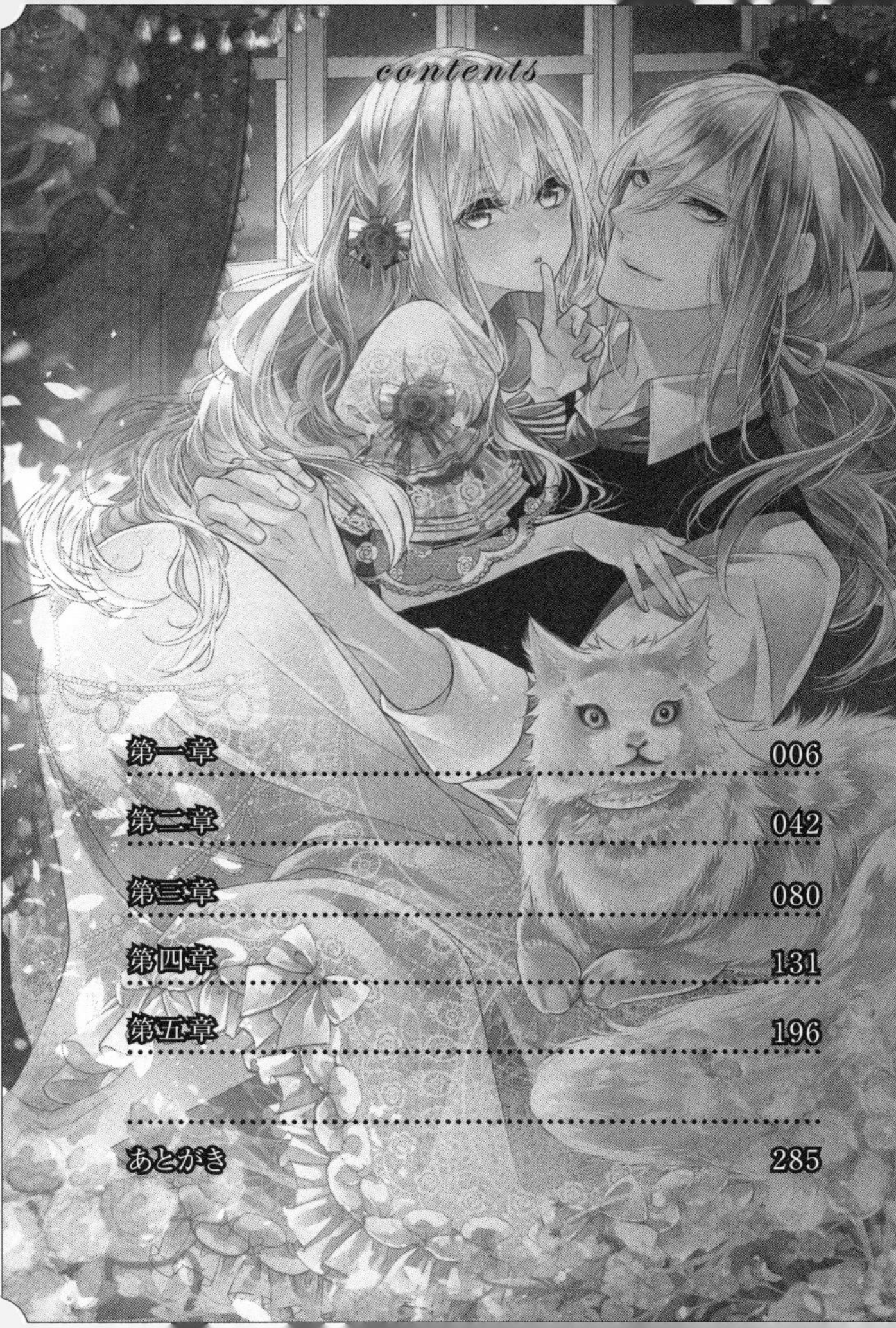

contents

イラスト／すがはらりゅう

猫公爵様はお世話係を愛玩したくてたまらない

第一章

ふわり、と風がシャーロット・スゲイトンの金色の巻き毛をなびかせた。

その心地よさに、シャーロットは大きな目を細めた。丸くて小さな顔に、健やかに伸びた手足。成熟した女性の色っぽさはまだまだ身についていないが、十六歳のピチピチとした若さがその全身からあふれている。

今日はシャーロットの、社交界デビューの日だった。

今までいた宮殿内の、見えない重圧がズンとのしかかってくるような重い空気とは違って、宮殿の庭はとても開放感がある。こうして春の風に吹かれ、そこに混じるさまざまな花の匂いを嗅ぎ分けていると、胸にたまっていた嫌なものが、全部浄化されていくようだ。

だからこそ、シャーロットは庭の奥へ奥へと進んでいく。見えるのは、暮れゆくピンク色の春の空と、美しく剪定《せんてい》された庭の茂みだ。背を向けているのは、広大な宮殿の建物。

その華やぎから遠ざかっても、何ら未練はない。

――だって、憧れていた社交界とは、まるで違っていたもの。

シャーロットの乳母が幼いころ、寝かしつけるためにいろいろと話してくれたのは、王宮での王子様と王女さまの物語だった。

そこで王子様や王女さまは、心が清らかな伴侶と出会う。意地悪をする継母《ままはは》や悪い人はいたけれど、嘘《うそ》は嘘と見抜かれ、愛が貫かれる素敵な物語が、王宮では展開されていたはずだった。だからこそ、今日の舞踏会には、美しくて気高い女性たちばかりが集まっているのだと思っていた。

——だけど、まるで違っていたの。意地悪なのよ。

社交界デビューを夢見て、シャーロットは貧乏な男爵家の令嬢なりに、頑張って準備してきたのだ。

家庭教師をつけての礼儀作法に、ダンスのレッスン。ダンスを申しこまれたときの作法についても、相手に失礼がないように一通り身につけたはずだった。

だけど、社交界デビューを果たしたこの日。舞踏会を背にして、こうして庭に逃げ出している。

誰もいない宮殿の庭で、シャーロットは大きな噴水の縁に腰掛けた。

足をぶらぶらと揺らしながら、噴水のしぶきが風に少し流されては頬《ほお》に飛ぶのを、あまり気に止めずに空を見上げる。空の色のグラデーションが、とても綺麗《きれい》だ。

——こんなことになるなんて。

シャーロットにとって、人生はいつでも予想外の出来事に満ちている。

好奇心たっぷりで、夢見がち。幼いころには、市の出る日に領主の館から抜け出して、何度迷子になったかわからない。あまりに自由気ままだから、大きくなるまでに事故で死ぬのではないかと、親にひどく心配されていた。

だが、それよりもスゲイトン男爵家にとって問題だったのは、飢饉《ききん》の後の会計だった。シャーロットは成長するにつれて現実というものを突きつけられ、自分はスゲイトン男爵家を金銭面で支えてくれる伴侶を早急に探さなければならないのだと悟ったのだ。

社交界デビューの今日、宮殿に上がる資格のある貴族の家柄の令嬢たちは、王からの初めての謁見を賜る。そこで声をかけられることで社交界の一員だと認められ、その後の舞踏会や社交界への参加が認められる。

いうなれば、今日は社交界デビューをする令嬢が一番注目され、お金持ちの貴族に自分を売りこむ、またとないチャンスだった。なのに、誰よりも切実に結婚相手を探さなければならないシャーロットは、庭にいるのだ。

——失敗したのは、服装のせいよ。

社交界デビューする令嬢は、今日のためのとっておきの穢《けが》れなき純白のドレスと、肘までの長い手袋を身につける。髪にはティアラを飾って、王の謁見を賜る。

同じように純白のドレスに身を固めたつもりのシャーロットだったが、登場したときから、周囲の令嬢にくすくすと笑われていた。

『あれじゃあ、純白じゃなくて、灰色だわ』

そんなあからさまな陰口が、耳に届く。

笑われているのは、シャーロットがまとった時代遅れのドレスと、その布地やレースがかなり灰色がかっているからだとわかってきた。それに、ティアラに飾られているのも、宝石ではなくて、精巧なガラス玉だ。

――だけど、そんなのはどうせ一夜のことでしょ。

灰色だろうが、ガラス玉だろうが、きっとわからないだろうと踏んで勝負に出たのだが、宮殿の広間の照明は、いつも節約のためにうすぼんやりとしか灯《とも》されていないスゲイトン家の居間のあかりとはまるで違っていた。まばゆいほどにきらびやかだ。その光に照らされてしまったら、ドレスの色も古さも隠せない。

それでもシャーロットは、堂々と胸を張っていたのだ。

――仕方ないわよね。うちは借金まみれの、貧乏な男爵家なんだもの。

もともと所有する領地が痩せていたのに加えて、男爵家の財政に致命的な追い打ちをかけたのが、四年前に起きた大干ばつだった。この国の東半分の農作物が壊滅的な打撃を受けた。スゲイトン領は、その中でも一番被害が大きかった。

他の領地ではバタバタと領民が餓《う》え死にしていったそうだが、スゲイトン領では民は見殺しにされなかった。

シャーロットの両親であるスゲイトン領主とその妻は、高騰していたジャガイモや穀物を、金額を気にすることなく国中から買い集め、餓《う》えた民を飢餓から救った。そのために、多額の借金を背負うことになった。

そんな両親を、シャーロットはとても尊敬している。

だが、そのときからスゲイトン家の会計は火だるまになった。王都にあるスゲイトン邸も売り払われる寸前だったのだが、このシーズン、どうにか維持されたのも、長女であるシャーロットが社交界デビューの年齢になったからだ。ここで金持ちの貴族を捕まえることができれば、スゲイトン家は破産を逃れられる。

——だけど問題なのは、そのための初期投資すら、するお金がないことなのよ。

王都にあるスゲイトン男爵邸はどうにか外見だけは取り繕っているものの、使用人は極限まで削られ、馬車すら借り物を使っている。

当然、シャーロットが社交界デビューするためのドレスも問題になった。だが、シャーロットは衣装ダンスから祖母が社交界デビューのときに着ていた純白のドレスを見つけ出した。

——すっかり灰色になっていたけど。でも、自分でこれがいいと言ったのよ。

たった一日、着るだけのものに、大金はかけられない。これでどうにかやり過ごせるだろうと、シャーロットは甘く考えていた。

それにここ数年、社交会デビューの行事はかなり規模を縮小していると父から聞いていたせいもある。

なぜなら、高齢な王は病気がちとなり、数年前から公的な行事に姿を現さなくなっていたからだ。その王に代わって、宰相や公爵が国政を担当しているそうだ。

今日の謁見も、おそらく宰相が代理をこなすことになるだろう、と言われていた。

王だけではなく王妃も、謁見の場に出ることはない。なぜなら、王の一族は王の孫にあたる十歳のオリバー王子と、カーク公爵という若い親族を残して、十年前の流行病《はやりやまい》でことごとく命を落としていた。王妃もそのときに命を失ったそうだ。

――流行病は、とても恐ろしいって聞いたわ。十年前の流行病は、どうにか宮廷内で流行を食い止められたそうだけど。

王族はそれによって一気に人数が減り、それから宮廷行事も激減したそうだ。

その王も病気ということもあって、宮殿はすっかり火の消えた状態にあるらしい。国政は宰相と、生き残りのカーク公爵が担って、そこそこうまく回しているらしい。

その若くて独身で、ハンサムだと評判なカーク公爵が、今日の社交界デビューの際に国王の代理を務めるのではないかと、出席していた貴族の令嬢たちはひどくざわざわとしていた。

シャーロットも、噂《うわさ》のそのカーク公爵とやらを眺めてみたかったのだが、結局、国王の代理として謁見してくれたのは宰相だった。

——まぁ、カーク公爵どころじゃないのよ。

シャーロットが社交界に出て探さなければならないのは、火だるまの男爵家の財政を救うための現実的な結婚相手だ。

他の令嬢たちからどれだけ灰色のドレスだとからかわれようが、シャーロットは舞踏会に出席するつもりでいた。スゲイトン男爵家の借金の話は、それなりに社交会では有名らしいが、それでもシャーロットの桜色の頬や、夢見るような瞳に惹《ひ》かれたのか、何件かダンスにも誘われていた。

そこで相手の素性や、財産について、しっかり聞き出そうと思っていたのだ。

だが、限界近かったシャーロットの灰色のドレスの裾は、軽く躓《つまず》いた拍子にビリッと破けた。多少の破れだったらそのまま無視も決めこめただろうが、レースの部分はかなりもろくなっていたらしい。歩くたびに破れは大きくなり、それに足を突っかけずにはいられないようになった。

さすがにこれでは、舞踏会でドレスは踊れない。

だから、シャーロットは舞踏会が始まる前に、こっそり大広間から抜け出すことにしたのだ。すぐに馬車のある玄関に向かわずに、宮殿の広大な庭を散策することになったのは、しばらく時間を潰さなければ、隣家である男爵令嬢のヘーゼルの馬車に同乗させてもらえないからだ。

その馬車がなければ、自宅まで帰る手段がない。

――ああ。だけど、すごく綺麗だったわね。ヘーゼルのドレス。

シャーロットは、ぼんやりと空を眺めながら追憶する。

社交界デビューのドレスは白一色と決められていたから、さして違いは出ないと思っていた。だが、同じ純白のドレスでも、金をかけたか、かけないかで、素材や装飾やドレスの形に大きな違いが出る。

肩を出し、豊かな胸や流線型の身体のラインを強調するようなヘーゼルのドレスは、とても素敵だった。ティアラも動くたびに光を弾《はじ》いた。おそらく全部、本物の宝石でできているのだろう。

飢饉のときに売り払われた宝石の代わりに、故郷のガラス職人がすごく頑張って作ってくれたシャーロットのティアラも、とても素敵なものだ。ずっと胸を張っていたけれども、こうして一人っきりになると全身から力が抜けていく。じわりと涙が浮かびそうになって、そんな自分をシャーロットは叱咤《しった》した。

――みっともないなんて、思わないわ。貧乏だって、恥ずかしくない。だって、両親は立派な仕事をしたんですもの。

これからもっと手当たり次第に舞踏会に出て、男爵家を救うことができるお金持ちの結婚相手を探さなければならない。来年の種芋もたくさん仕入れて、領民に配らなければならないからだ。飢餓の後遺症で、種芋さえ残しておく体力を失っている領民が大勢いた。

だけど、そのためのドレスの調達すら、難航しているようだ。

――母さまがツテをたどって、お古のドレスを探してくれているのよ。だけど、流行があるから。

シャーロットが漏らしたため息が、前髪を揺らす。

――着飾るのなんて、最低限でいいんだけど、その最低限のハードルが高いのよ。みんな、すごく目を光らせているから。

頑張って、お金持ちの伴侶を探そうと、気負いとともに社交界デビューしたものの、宮殿はあまりにもきらきらとした場所だった。着飾った令嬢たちもあまりにもまぶしすぎて、自分では対抗できそうもない。

――それに、……とてもお腹《なか》が空いたわ……。

舞踏会で軽食が出るはずだったから、それをとても楽しみにしていたのだが、それらが準備される前に大広間から抜け出してしまった。

一度戻って、軽食だけ片隅で食べてもいいだろうか。そんな姿を誰かに見られたら、ろくでもない噂が立つだろうか。

――はー……。面倒くさいわ、社交界。

だが、空腹には慣れている。どれだけ素敵な軽食が出ているのかは考えないことにして、シャーロットはさらに庭を探索することにした。

だんだんと日が暮れているが、宮殿で舞踏会などが行われる日には、貴族たちがそぞろ歩きをするのに備えて、庭のあちらこちらで灯火が焚《た》かれるそうだ。

気にいった男性がいたら、一緒に庭を散歩するのもいいと教えられていた。

――白亜のあずまやの向こうには、人魚の噴水があるのね。迷路になっている茂みを抜けたら、その先は……？

庭はとても広くて、歩いても歩いてもその果てが見えない。迷子になりそうだ。

あまり宮殿の建物から離れすぎないほうがいいだろうか。そう思って振り返ったそのとき、シャーロットは視線の端に動くものを見つけた。

どきっとして、その動くものを追う。だんだん暗くなっている庭の芝生の上に浮かび上がって見えたのは、長毛種の白い猫ではないだろうか。

――猫ちゃん……？　猫ちゃんなの？

その一瞬で、シャーロットは骨抜きにされた。

ネズミから穀物を守るために、国中で猫は盛んに飼われている。だが、宮殿の庭にいるとは思わなくて、思わず後を追っていた。

――猫ちゃん！　すごく、綺麗な猫だわ！　毛が銀色で、長くてキラキラしてる……！　こんな高貴そうな猫ちゃんは、あまり他のところでは見ないわ……。ちょっと、よく見させて……！　できれば、もふもふさせて。

シャーロットは猫が大好きだ。生まれ育った乳母の家には何匹もいて、乳母の目が届かないときには、その猫に面倒を見られていたような気がする。故郷にある領主の館でも、穀物を守るために何匹も猫が飼われていた。

だが、王都にあるスゲイトン邸に猫はいない。猫を飼う余裕はないと、ハッキリと両親は言った。確かにこの財政状況では、猫にすらふんだんに餌を与えられない。

だからこそ、猫にひどく餓えていた。ここで猫に会えたのが嬉《うれ》しすぎる。猫成分を摂取したい。かなうことなら撫《な》でさせてもらって、抱かせてもらって、その毛に顔を埋めて、思いっきり息を吸いこみたい。

だが、全速力で近づきすぎたのか、猫はシャーロットに気づくと、ぎょっとしたように背後に飛んだ。長い白いドレスの裾をたくしあげ、迫ってきた少女が不気味すぎたのだろうか。

シャーロットはそれに気づくと、猫との距離を詰めたところで芝生にしゃがみこみ、自分の荒々しい呼吸を必死に整えて、笑顔で猫を呼んだ。

「……ねこ！　猫ちゃん。こっちよ。こっちに来てくださらないかしら。何も餌はないのが申し訳ないんだけど、気持ちのいいところを、もふもふと撫でさせてくださらない？」

猫が好きすぎて、敬語になってしまう。

猫はその呼びかけの意味を読み取ったかのように、高貴そうな目でシャーロットを見たが、そのまま冷ややかな態度は崩さない。

だが、動きが止まったおかげで、その姿がよく見えた。

——え？

ドキッと鼓動が跳ね上がる。猫の左の前脚のあたりが汚れていたからだ。あの茶褐色の汚れは、血ではないのだろうか。長い毛がパサパサになって、固まっているように見えた。

「ケガ？　おケガをされているの？　猫ちゃん」

ケガをしていると思うと、心配でなおさらそのままにしてはおけない。

ドレスの裾をまくり上げ、シャーロットは屈《かが》んだまま、そうっと近づいていく。猫は警戒を高めたが、シャーロットはそっと手を差し伸べ、心をこめて告げた。

「大丈夫よ。あなたのケガ、見せてくださらない？　悪いことはしないわ。ただ、心配なの」

人に対するようにしゃべりかけてから、警戒心を持たれないように視線をそらせて、猫のほうから近づいてくるのを待つ。

辛抱強く待っていると、猫のほうからそろそろと近づいてきた。

手が届く距離にまで近づいてくれたから、そっと頭を撫でてみる。とても気持ちよさそうに目を細めてくれたので、さらにもしゃもしゃと撫でた。

シャーロットが猫を撫でる手つきは、魔法のようだと言われたことがある。どんな猫でも飼い慣らす魔法の手だ。だけど、シャーロットはそれがどうしてなのかわかっている。撫でながら猫を観察して、より気持ちいいところを探して撫でるからだ。

撫でながら、ケガをしている前脚をにそっとのぞきこんだ。すでに血は止まっているようだ。だけど、だいぶ薄暗くなっていたし、長い毛が邪魔をして、どんなケガなのか、あまりよくわからない。

——だけど、普通に動けているし、そんなに大きな傷ではなさそうね。

そのことに、ホッとした。

撫でながら、シャーロットは少しずつ猫ににじり寄る。頭以外にも尻尾の手前に、とても気持ちいいポイントがあるはずだ。

乳母のところにいた猫も、領主の館にいた猫も、そこを撫でられるのが大好きだった。

「大丈夫よ。いい子ね」

穏やかに話しかけながら、シャーロットは頃合いを見計らって、ついに猫をもふもふと抱きしめた。

——やったわ！

猫をすっぽり抱きこんで、立ち上がる。この幸福感は、どんなものにも替えがたい。

手入れされた柔らかな銀色の毛並みが、とても綺麗だ。触り心地も最高だった。

「おまえ、名前は何て言うの？」

顔をのぞきこんでみる。

銀色の長い毛に、金色の透き通った瞳。その猫の目鼻立ちはとても高貴に整っていて、品格すら感じさせた。ここまで綺麗な猫を見たのは、初めてだ。

そのとき、その長い毛に隠れて、白い首輪がはめられているのに気づいた。毛並みと色彩が完全に一緒なので、すぐには気づかなかった。

――立派な革の首輪だわ。……それに、……宝石がついてる？

猫に宝石付きの首輪など、見たことがない。猫から漂う品格といい、この首輪といい、もしかしてこの猫は、とても身分の高い人に飼われているのだろうか。

そのとき、いきなり大声で怒鳴りつけられた。

「不敬だぞ……！」

身体がビリビリする。

びっくりして、シャーロットはそちらのほうを向いた。猫もすごく驚いたようだ。逃げ出しそうになったのを、慌てて抱えこんで、落ち着かせるように撫でる。

大股でシャーロットに近づいてきたのは、立派な服装をした年配の貴族だった。

シャーロットと目が合うと、彼はいかめしい表情を少しだけ緩めた。

シャーロットが身につけているのが、今日の社交会デビューのための純白のドレスだとわかったのだろう。偉そうに咳払《せきばら》いをしてから、言ってくる。

「今日デビューした、娘っ子か。その猫は『猫公爵』と呼ばれる、公爵位にある猫だ。おまえのような者が、気安く触れていいものではない」

「公爵位にある……猫？」

貴族の世界で、爵位というのは重要だ。身分が上のものには逆らえない。だが、猫に爵位などあるのだろうか。

「陛下はその猫をとても可愛《かわい》がっておられる。そもそもその猫は、陛下が出入りする宮殿の中庭で飼われているんだ。そこは伯爵以外の爵位を持つ者でなければ、出入りすることすら許されない。だから陛下は、その猫が自由にそこを行き来できるように、公爵位を与えた」

その説明にびっくりして、二の句が継げなくなる。

猫に公爵位が与えられたのは、本当のようだ。だが、もっと爵位というのは重いものではなかったのだろうか。

そのとき、男が無造作に猫に手を伸ばした。それに怯《おび》えた猫はシャーロットの腕から逃れて地面に着地し、俊敏な動きで茂みの奥に消えた。

「もうっ！」

男のぶしつけな動きに怒りつつ、シャーロットは不敬だと言われたのも忘れて、反射的に猫を追う。

やっぱり、ケガをしていたことが気になったからだ。そんなに身分の高い猫ならお世話係もいるはずだ。早く保護してそのお世話係に引き渡したなら、ケガの手当をしてくれるだろう。

「追うな！　不敬だぞ！」

シャーロットの背中に向けてまた怒鳴られたのを無視して、猫が消えた方向に走った。猫のケガをそのままにするほうが不敬だし、問題だ。

だが、わざわざそのことを男に説明している時間はない。

――ええと、……確か、こっちのほうに行ったわね。

先ほどの男の姿が見えなくなるぐらい走ってから、シャーロットは立ち止まって周囲を見回した。

そのとき、木々の向こうに、白い影が見えたような気がした。ドレスの裾など気にしていられなくて、シャーロットはその木を回りこんで走る。だいたいの茂みはその枝や葉を四角や丸に綺麗に刈りこんであったが、さすがに全速力で走ると、枝や葉にドレスの裾が引っかかる。もはや裾のレースはボロボロだ。

あたりはだんだん暗くなってきた。だけど、猫の毛並みはシャーロットのドレスのように、白く浮き上がって見えるはずだ。

猫を追って、木々の後ろに回りこんだときだ。

「っ、きゃっ！」

誰かとまともにぶつかった。

小柄なシャーロットは、弾き飛ばされて転びそうになる。だが、地面に身体が打ちつけられる寸前に、強くドレスのスカート部分が引っ張られた。

だが、すでにドレスは灰色に変色していた上に、生地もすごくもろくなっていた。その強い力が加わることによって、膝のあたりから大きく布地が裂けていくのをシャーロットは感じ取る。

だが、ドレスが裂けることによって、シャーロットが倒れていくスピードも減退させることができた。倒れるのを止めることはできなかったが、ぱたりと背中が地面についても、打ちつける痛みはない。

――ええと？

何が起きたのかわからず、しばらくは呆然《ぼうぜん》としたまま倒れていた。ドレスがすごく裂ける音がしたから、どれほど派手に破れたのか確認したくもある。だが、それよりも先に、誰かがシャーロットの脇で地面に膝をついたのがわかった。

「大丈夫？」

柔らかな声とともに、その人の姿が見える。

まず目についたのは、先ほどの猫にそっくりの、銀色の長い髪だ。

――すごく、綺麗……！

視線が、その髪に沿って動く。

薄闇の中に浮かび上がっていたのは、美しい男性の顔だった。

まっすぐな鼻梁《びりょう》に、猫じみたアーモンド形の瞳。その瞳の色は金色に透き通っていて、だい

ぶ暗くなっているせいか、光彩が少し縦に長く見えた。

——え？

その姿が、先ほどの猫と驚くほど見事に重なる。

瞬《まばた》きをして、もう一度見たが、鼻筋の通った整った顔立ちが、さきほどの猫の気高さと酷似していた。

シャーロットは夢の中の世界に飛びこんでしまったような気分で、つぶやいた。

「猫ちゃん？」

まさか、そんなはずがない。ここにいるのは、猫ではなくて人間だ。

理性はそれを否定しようとしていたのだが、シャーロットの目は次の瞬間、彼の腕に吸い寄せられた。

先ほどの猫がケガしていたのと全く同じところに、傷がある。白いシャツが破れ、その破れたところから出血しているのが見えた。

——え？　本当に、この人、さっきの猫ちゃんなの？

びっくりしながらシャーロットはそろそろと上体を起こし、彼の手首を強くつかんだ。ゆっくりと起き上がり、彼の美しい顔をのぞきこんで尋ねてみる。

「あなた、……あの猫ちゃんなの？」

「え？」

面食らったように、彼が目を見開く。だが、シャーロットはこんなときが来るのを、ずっと待ち望んでいた。乳母に夜ごとに物語をねだりながら、自分だったら決してこのような間違いは犯さないと、夢うつつに考えながら眠りに落ちてきたのだ。

だからこそ、この千載一遇《せんざいいちぐう》の機会を逃す気はない。

「猫ちゃんよね？　大丈夫。私は味方よ。まずは、手当てしないと」

あらためて見ると、彼が身につけていたのは、繊細で高級そうな白いシャツだった。衿《えり》や袖に、たっぷりとしたレースの飾りがある。ベストの下につけていたそのシャツが二の腕のところで裂けて、肌にまっすぐな傷が二本見えた。そこから、まだ血がうっすらと流れている。

だからこそ放っておけなかったのだが、シャーロットのその言葉に、彼は楽しげに肩をすくめた。

「猫ちゃん、か」

笑みを浮かべると、目が綺麗な弧を描く。その表情に、シャーロットは釘付《くぎづ》けになった。余計に猫っぽくて、人とは思えない。

さらに彼は、シャーロットに額を寄せて言うのだ。

「実は……そうなんだ。君と僕だけの秘密だよ」

整いすぎた顔に、シャーロットはたまらなくドキドキした。

——魔法が使えるんだわ。

猫から人に化ける上に、シャーロットの心臓をここまでドキドキさせるなんて、彼は特別な力を持っている。

見ず知らずの男性とここまで身体を寄せてしゃべったことはないが、相手は猫だ。

だが、急に自分がつかんでいる手首から、男性の肉体が持つたくましい感触と、色香を感じ取った。その瞬間に、さらに心臓が壊れそうなほど鼓動が高鳴る。顔が一気に赤くなった。

ドギマギしながら、シャーロットは目を伏せた。

「え、ええ。秘密は守るわ。私、物わかりはいいほうよ」

幼いころ、寝入りばなに、乳母が話してくれる物語が大好きだった。一番好きだったのは、獣が人間に変身する話だ。

特に、半人半獣の王様ライオンの話に魅せられた。王女さまと恋に落ち、誤解が重なって悲恋で終わるのだが、その結末が不満でならない。ずっと王女さまはその人の正体がライオンだと納得しない。だからこそ、誤解に誤解が重なっていくのだ。

いつか自分が人に化けた獣と出会えることがあったら、正しい判断をしたい。そんなふうに決意を固めていたシャーロットにとって、これは絶好の機会だ。

——にしては、元猫の人間って、こんなにもキラキラしいものなの？

彼を見ていると、目の前で銀の粒が舞っているような夢見心地になってくる。すっかり周囲は薄暗くなっているというのに、彼の周りだけふんわりと明るい。

その透き通った黄金の目は楽しげな光を浮かべていたし、鼻や顎の形は、ずっと眺めていたいくらい、綺麗なのだ。

一生忘れられないほどの、すごみのあるハンサムだ。

「あなた、綺麗ね」

だからこそ、吐息がかかりそうなほど顔を寄せて、そんなふうに口走っていた。

「ありがとう。君も可愛いよ」

そんなふうに言われて、シャーロットはドキドキする。

まばゆさに正視できなくなって、傷に目を向けると、彼もそこに視線を落とした。痛々しい傷だったが、さして深くはないようだ。

「傷……」

「大丈夫。後で、手当てさせるよ。それより、さっき、派手に布が裂ける音がしたけど、君のほうこそ大丈夫？」

言われて、ようやくそのことを思い出す。

ドレスの布地がどれだけ裂けてしまったのか確認したくて、シャーロットはそろそろと立ち上がった。

膝のあたりから、見事に一周、ドレスが裂けていた。その部分はレースだから、ことさら弱かったのかもしれない。布地は幾重にも重ねてあるから、一番上の一枚が大きく裂けても、足が見えることはないのだが、さすがにこれでは、どうにもならない。

あまりに派手に裂けていたから、シャーロットは笑ってしまった。

「すごいわね、これは」

「そうだね」

これでは、舞踏会の会場に戻ることはできない。そう思ってくすくすと笑うと、彼がすっと自分の首の後ろに手を伸ばして、何かピンを外した。それは髪を束ねていたものらしく、長い髪がばさりと肩にかかる。それを持って彼はシャーロットの前で屈みこみ、裂けたドレスの生地を引っかけた。

そのピンには宝石が付いていて、上手に襞《ひだ》を寄せてくれたから、なかなか素敵になる。もともとのデザインのようにも見えた。

「いいわね」

にっこり笑うと、立ち上がった彼は顎を引いて、少しだけかしこまったポーズをした。

「僕はクリストファー・カーク公爵。君は？」

その名乗りに、シャーロットは目を丸くした。

――カーク公爵？

その名は、今日デビューした令嬢たちの間でささやかれていた。王族の一人であり、王の代理として、謁見の席に現れてくれたらいいと、噂されていた当人だ。

――この人が、カーク公爵なの？

シャーロットは彼を見る。

カーク伯爵が、猫公爵と同一人物だとは思わなかった。

あらためてその姿を見れば、ラフに着崩してはいるが、シャツの布地や、その衿や袖についている刺繍《ししゅう》の細かさ、さらには、その上に軽く羽織った袖なしのタブレットやズボンからも、彼が高位の人間であるのがうかがえる。

夢見る目をしたまま、シャーロットは口元に手を添えて笑った。

「すごいわ。本当に猫公爵なのね。私は、シャーロット・スゲイトン。スゲイトン男爵の長女よ。今日、社交界にデビューしたばかりなの」

「今日デビューした娘は、舞踏会でいい結婚相手を探そうと懸命なようだが。こんなところで、遊んでいていいのか？」

からかうように尋ねられて、シャーロットはくすくすと笑った。もともと裾を引っかけてレースがボロボロになっていた上に、今また膝のあたりの布地も派手に破ってしまった。どこかに引っかけるたびにもろくなったレースが破れるから、舞踏会どころではない。

相手が猫公爵という気安さもあって、スカートを手で持ち上げながら言っていた。

「私には貧乏な男爵家を救うべく、お金持ちの結婚相手を探さなければならない、という使命があるのよ。そんな下心があるとは知らずに、今日は殿方が二人、ダンスに誘ってくれたんだけど、貧乏すぎて純白のドレスを新調できなかったの。それで、この素敵な古いドレスを着てきたんだけど、舞踏会前に破っちゃったの。だから、抜け出してここにいたのよ」

最初に破った裾のあたりを示すと、クリストファーは納得したようにうなずいた。

「なるほど。これは、母親のものか?」

「もっと古いわ。おばあさまのよ!」

その返事に、クリストファーはつられたようにくっくっと笑った。

「その古いドレスも、品位があって素敵だと思うが?」

「そうなのよ。私も素敵だと思って、これを着たいと両親に言ったのよ。薄暗いスゲイトン男爵家の居間では、十分に白く見えたんだけど、謁見室のまぶしすぎるキラキラのシャンデリアの下では、これが純白じゃなくって灰色だってことがわかってしまったの。だから、出席していた他の令嬢から笑われたんだけど、別にこんなのはかまわないのよ。だけど、色だけじゃなくって、さすがにこんなにも破けちゃったら、舞踏会にはいられなくて」

「なるほど」

「残念だわ。せっかく、ダンスの練習もしたのに」

遠く、お城のほうから風に乗って舞踏会の音楽が聞こえてくる。それに耳を澄ますと、クリストファーが言ってきた。

「だったら、踊ってみるか?」

「え？」

「もう少し近づけば、大広間の音楽がもっと聞こえてくるはずだ。そこで、僕と踊るのはどう？」

「猫ちゃん──……、猫公爵も、ダンスが踊れるの？」

「もちろん。猫だけに、ダンスは得意だ」

「猫がダンスが得意なんて、聞いたことないわ」

　クリストファーはくすくすと笑いながら少し歩いて、そこに脱ぎ捨ててあった長衣を拾い上げた。それをまとうと、猫の雰囲気は消えて、貴公子然としたたたずまいになる。

　最初からこのような格好でいられたら、近づきにくかったかもしれない。

　だが、服装が整ってもクリストファーの柔らかな表情は変わらない。シャーロットのほうに手を差し伸べながら、言ってきた。

「猫と踊るなんて、初めてだろ？　その初めての体験を僕としてみるのも、悪くはないと思うけど」

　そんなふうにそそのかされると、手を取らずにはいられない。

　ずっと昔から、シャーロットは思っていたのだ。

　──どうして、このお話の登場人物たちは、彼の言葉を聞かないの？

　まずは、彼が獣だということを信じることができずに、一問着《ひともんちゃく》ある。シャーロットにとっては、そのあたりがまどろっこしくてたまらなかった。

そして、最終的には彼が獣である、という理由から、王女さまは彼を裏切ることになるのだ。

——私が王女さまだったら、その獣を選ぶわ。だって、心が美しいもの……！

彼の手を取ると、迷いのない足取りで宮殿のほうに向かってエスコートされた。途中まではそんなふうに強く思った記憶があるからこそ、疑うなんて考えはシャーロットにはない。

梢《こずえ》に隠されていてあまり聞こえなかったものの、開けたところに出た途端に、風に乗って音楽が大きく聞こえてくる。

宮殿に顔を向けると、その窓からシャンデリアによって増幅された光が放たれ、そこで踊っている正装の男女のシルエットが見えた。

だけど、そこまでたどり着くにはかなりの距離がある。

中からはシャーロットたちの姿が見えないぐらいのところで、クリストファーは立ち止まった。開けた芝生の真ん中で、礼儀に乗っ取ったしなやかな仕草で屈みこみ、あらためて言ってくる。

「僕と踊っていただけますか？」

社交界デビューしたばかりだから、舞踏会も初めてだ。そんなシャーロットのために、わざわざこんなにも丁寧にダンスを申しこんでくれるのだろう。そんな心配りに、シャーロットは嬉しくなる。

「喜んで」

手を差し伸べる。シャーロットが手首からずっと下げていた舞踏会の手帳には、二人分の先客の名前が記入されていた。だが、とっくにその曲は終わっているはずだ。

クリストファーはにっこり笑うと、シャーロットの腰の後ろに手を回した。

「ちょうどいい。曲の切れ目だ」

クリストファーは長身だったから、小柄なシャーロットとはかなりの身長差がある。それでも、踊り始めると全く気にならなかった。それだけ彼はダンスがとても上手だ。

腰を支える腕には、迷いがない。

彼のステップはスムーズだった。優雅に舞う彼にリードされると、シャーロットの身体も風のように軽く感じられる。

特に回転するときには、全身が気持ちよく移動し、ドレスの裾がふわりと舞い上がった。これはなかなか気分が上がる。こんなにも、自分の身体が自然に動いたのは初めてだ。

「すごいわ。ダンスの先生でも、こんなにも上手ではなかったわ」

正直に言うと、クリストファーは微笑《ほほえ》んでくれた。

彼は笑顔がとても素敵だ。その顔を見ているだけで、シャーロットまで自然と笑顔になる。

さらに腰をしっかりと支えて、シャーロットがより大きく、楽しく回転できるようにしてくれた。

はしゃいでしまっても誰もマナー違反をとがめない、二人きりの会場だ。

いつでも笑顔が目につく彼の顔立ちの美しさが、ダンスの楽しさとともにまぶたに刻まれていく。

整った鼻梁や、綺麗なカーブを描く猫型の目。どことなく猫っぽく、野性味がにじみ出していて、いたずらっぽさも感じさせる。こんなにも生き生きとしていて楽しそうな大人の男性に、シャーロットは会ったことがなかった。だからこそ、目が離せない。ずっと踊っていたくなる。

こんなにも素敵な男性が、この世にいるとは思わなかった。

「素敵……！　楽しいわ」

——さすがは、猫公爵だわ……！

音楽に合わせて、ふわりふわりと舞いながら、シャーロットは口走った。

「猫なのに、ダンスも踊れるなんて、すばらしいわ！　他に、得意なことは何？」

下は綺麗に手入れがされた芝生だったが、時折、小道の煉瓦《れんが》にも足がかかる。そのどれにもシャーロットの靴のかかとが引っかからないように、クリストファーは見事に誘導してくれているらしい。

クリストファーは考えこむように、視線を宙に泳がせた。

「得意なのは、ネズミを捕ることかな？」

その言葉に、やっぱり彼は猫公爵なのだと、シャーロットは確信した。

「猫公爵だものね！　他には？」

「うーん。……後は、一日中ごろごろすることと、撫でてもらって、気持ちよさそうに喉を鳴らすことかな。猫公爵が、人に懐《なつ》くのは珍しいんだよ。特に最近では人嫌いが極《きわ》まって、やたらと引っ掻《か》く」

「どうして、人嫌いになったの？」

「そうだな。寂しかったからかな。僕をかまってくれる人が、現れなくなって」

ずっと楽しげだったクリストファーの目が、寂しさをにじませる。華麗な男性のそのような表情の変化に、シャーロットはキュンとしてしまう。

何でもしてあげたくなって、シャーロットは口走った。

「だったら、私がいっぱいかまってあげるわ」

「それは嬉しいな。猫公爵が初対面で抱き上げられたり、こんなふうにダンスを踊るなんて、滅多《めった》にないんだ。君は猫公爵にとって、特別な存在なのかもしれない」

自分のことを語っているはずなのに、クリストファーがどこか他人ごとのように口にするのが不思議だった。

たっぷり踊って、シャーロットの息がだんだん上がってきたのを感じ取ったのか、クリストファーは四曲目の終わりに合わせて足を止める。

ダンスが終わったのに、クリストファーはシャーロットの腰に回した手を離さない。人をたぶらかすような金色の目を向けてきた。

「僕はこの宮殿では猫公爵ではなく、猫公爵の後見人、ってことになっているんだ。だから、僕が猫公爵だと、人に言ったらダメだよ。僕と君だけの秘密だ。人前では、あくまでもクリストファー・カーク公爵として接してくれる？」

声を潜め、内緒話のようにささやかれた言葉に、シャーロットはときめかずにはいられない。

「もちろんよ」

秘密を明かしたら、ろくなことにならないのは、おとぎ話の定番の展開だ。

乳母が話してくれた物語が大好きだったシャーロットは、自分にこのような素敵な物語が起きないものかと、ずっとワクワクしながら毎日を過ごしていたのだ。

——本当にあったんだわ！　猫が、公爵としてお城にいるなんてこと……！

まだまだ魔女は国中にいて、病気のときにはその世話になることも多い。両親は魔法なんてまやかしだというが、乳母は悪さをすると、魔女が子供をさらっていくと脅した。

まだまだ魔法の名残は国中にあったし、市では火を吹いたり、剣を呑《の》む男を見ている。

現実と魔法の境目は、まだまだ曖昧だ。スゲイトン男爵家が財政的に逼迫《ひっぱく》していたからこそ、シャーロットも現実を突きつけられてはいたが、それでも夢見る気持ちは残っていた。

「今日はとても楽しかったわ。踊るのが、こんなに楽しいなんて知らなかった。ダンスの先生に教わったときも、こんなに楽しくはなかったもの」

「そう？」

「そうよ。足を踏まないように、すごく気をつかわなければならなかったし、あんまり笑顔を浮かべて媚《こ》びすぎないように注意せよとか、いろいろマナーが大変なの。それに、ダンスの最中にお話をして、相手の財産がどんなものか、探っておくのが肝心なんですって」

それを聞いて、クリストファーの表情が楽しげになった。その眼差《まなざ》しが少し鋭くなり、獲物を前にほくそ笑んでいるような表情になる。

「だったら、僕の財産がどんなものか、探っておかなくていいの？　社交界デビューしたら、すぐに伴侶捜しをしなければならないんだろ？」

「でも、あなた、猫公爵だもの」

「猫公爵の財産について、興味はないの？」

そんなふうに言われて、シャーロットは肩をすくめた。

「そうね。宝石のついた白い首輪に、玉石の水飲み、白砂を敷き詰めた大理石のおトイレ。そのあたりが、猫公爵の財産？」

首輪に宝石がついているぐらいだから、他に使っているものも豪華そうだ。宮殿に来てからというもの、どこもかしこもキラキラとしていることに驚いている。

スゲイトン邸では、元は金色だった調度もすっかりすすけて、下の木の色が剥《む》き出しになっていた。

クリストファーはその返答にくすくすと笑った。

ふとクリストファーは、シャーロットが手首から下げていた舞踏会の手帳に気づいたらしい。それを開いて、さらさらと名前を書きこんでいく。それには舞踏会ごとのダンスの曲名が記されており、どの曲を誰と踊るかの予約リストとして使われる。

その様子を見ながら、シャーロットは言った。

「舞踏会で、同じ男性と三曲以上踊ることはマナー違反なんですって。だけどあなたとずっと踊ってしまったわ。とても楽しかった」

「そうだね。僕もとても楽しかった。今日みたいに邪念なく楽しく踊れたのは、君が初めてかもしれない」

そう言って、クリストファーはふと気づいたように、まじまじとシャーロットを見つめてくる。

こんな綺麗な人の目に、自分の姿がどう見えているのか、不思議になる。だけど、シャーロットのほうもクリストファーに見とれた。

金色の瞳と、それを縁取る銀色の長いまつげとのコントラストが本当に綺麗だ。ブルーを基調にした長衣はとてもクリストファーに似合っていたし、縦ラインの金銀の飾りがその長身を一段と惹きたてる。どんなに派手な格好をしていようとも、彼はその衣装に負けないだけの輝きを放っていた。

「大切な社交界デビューの日に、僕とばかり踊ってしまったことを知られたら、家の人に怒られるかな?」

気遣われたようだが、シャーロットは笑って首を振った。

「大丈夫よ。このドレスの破れっぷりを見せたら、父さまも母さまも納得するわ。それどころか、きっとあなたに感謝すると思うわ。私もよ。素敵な舞踏会の思い出を作ってくれて、本当にありがとう。これからどれだけ社交界に出られるかわからないけど、初めて舞踏会で踊った相手が、あなたのように素敵な人で良かったわ。しかも、猫ちゃんだなんて」

最高だとばかりに口にすると、クリストファーは長いまつげを瞬かせ、シャーロットを愛《いと》しげに見つめた。

「僕もだ。こんなふうに舞踏会を楽しめるときがくるなんて、思っていなかった。抜け出して、正解だったよ」

クリストファーはそう言って、シャーロットの頬に唇をそっと触れさせた。

ドキッとする。ただ触れるだけの、親愛のキスでしかない。

だが、相手がこんなにも素敵な若いハンサムとなると、シャーロットの鼓動はドキドキと乱れてしまう。それに、身体を寄せられたとき、とてもいい匂いがした。

クリストファーはシャーロットから離れて、甘く微笑んだ。

「また、君に会いたいな、シャーロット・スゲイトン。近いうち、僕からの招待がいくから、受けてくれる？」

「招待？　どんな……？」

「それは見てのお楽しみ。猫は好き？」

その言葉に、シャーロットは満面の笑顔で応えた。

「大好きよ！」

「だったら、是非」

そう言って、彼はきびすを返そうとした。だが、ふと気づいたように動きを止め、心配そうに言ってくる。

「一人で、帰れる？」

「ええ。うちの馬車はないんだけど、近くの家の娘が親切で、一緒に馬車に乗せてくれたの。そろそろ社交会デビュー組は帰るころだから、一緒に乗せて帰ってもらうわ」

デビューの日は長居せず、数曲踊ったら早めに帰るのがマナーだと教えられていた。

大広間のほうを透かし見ると、そろそろデビュー組は抜けるタイミングらしい。大広間から白い集団が、そろって退出していくのがうかがえる。

このタイミングを逃したら、馬車に乗れなくなるかもしれない、とシャーロットは焦った。

「では、気をつけて、シャーロット」

クリストファーの声に、シャーロットは返事をしようと振り返る。だが、そのときにはすでに、クリストファーの姿はなかった。

すっかり暗くなった庭で目を凝らしても、その姿を見つけることはできない。

もしかしたら猫公爵の姿に戻って、茂みの中を移動していったのだろうか。

――そうかな？　……たぶん、そうよね！

シャーロットは、思いがけない出会いにワクワクする。

猫公爵。国王陛下の寵愛《ちょうあい》を受けて、公爵位を与えられた特別な猫だ。国王陛下はその猫が人に化けられることも知っていて、カーク公爵の地位を与えたのだろうか。

そう思うと、ときめきが止まらなくなる。

ずっと、このようなおとぎ話の中に身を置くことを夢見ていたからだ。

第二章

猫公爵と別れてから、シャーロットは城に来た貴族たちの馬車が出入りする西のエントランスへと向かった。

そこでちょうど、馬車に同乗させてくれるヘーゼルとばったり会った。

無事にスゲイトン家まで送ってもらえたのだが、それからが大騒ぎだった。

シャーロットがドレスを脱ぐのを手伝ってくれた母が、舞踏会の手帳に記された名前に、ぎょっとしたように動きを止めたからだ。

「クリストファー・カークって、……カーク公爵と、あなた、……こんなにも踊ったの?」

「そうよ。ドレスが破れちゃったから、大広間にいられなかったって言ったでしょ。そうしたら、猫こ……クリストファーさまも、たまたまお庭に出ていらして、たくさん踊ってくださったの」

「どうして? どうして、あなたと?」

「どうしてって……たぶんね、ドレスが破れていたからよ。このドレスじゃ、舞踏会には戻れないって言ったから、可哀想に思ってくださったんじゃないかしら？」

シャーロットは、思い出してくすくすと笑う。

猫公爵がクリストファーだということは、いくら相手が両親といえども内緒だ。秘密を破ったものは、後で大きな代償を払わなければならないというのは、物語の定番だった。だから、シャーロットはその秘密を守る。

だが、そのとき、侍女から母にピンが手渡された。シャーロットのドレスの破れたところを、猫公爵がそれで留めてくれたものだ。

「あら。何、これ」

キラキラ輝くそれを眺めて、母は目を丸くした。

「シャーロット！　このドレスを留めているピンは、とても高価なものよ。カーク公爵からお借りしたものだったら、すぐにお返ししなければ」

「そうね！」

すっかり忘れていた。クリストファーも、おそらくそれをドレスにつけたことを忘れていたはずだ。

母の手からシャーロットにそのピンが渡され、節約されたあかりの下で、シャーロットはそれを頭上に掲げた。いくら弱い光の中であっても、それはまばゆく光を弾く。無数に宝石がついているからだ。

「明日にでも、お返しに行くわね」

クリストファーに会う口実ができたと嬉しくなっていると、母はぎゅっと身体の前で指を組み合わせて、夢見る目をした。

「もしかしたら、おばあさまがわざとあなたのドレスを破って、素敵な殿方と出会わせてくれたのかもしれないわね。私があの人と出会ったのも、社交会デビューの夜だったわ」

仲のいい両親のなれそめについては、何度も聞いている。

母がその後、詳しく教えてくれたところによると、カーク公爵の亡くなった父親は国王陛下の弟だったそうだ。だから、カーク公爵は国王の甥《おい》にあたる。王位は国王の直系の孫にあたる十歳のオリバー王子が第一継承権を持っているが、カーク公爵はそれに継ぐ第二位の王位継承者だそうだ。

——王位継承権第二位？

その言葉に、シャーロットは仰天した。

猫であるクリストファーが、そんな立場にあってもいいのだろうか。

——それに、王の甥？　クリストファーは、猫ではなかったの？　まさか、国王陛下も猫の眷属《けんぞく》？

そのあたりがまるでわからない。もしかしたら公爵位を継ぐために養子という形になったとか、そういうものだろうか。

猫であることを上手に隠して、人として立派に暮らしているのだとわかって、クリストファーの器用さに感心した。

社交界デビューの日は朝から支度があってとても疲れたので、その日は早々に眠りに落ちた。

翌朝の朝食をすませた後で、クリストファーに借りたピンを返すために外出しようと身支度を調えていると、シャーロットは両親に呼ばれた。

家具が最低限しかないだだっ広い居間の空間で棒立ちになっていた父が、仰天した顔でシャーロットを見る。

「先ほど、カーク公爵から使いが来た。カーク公爵は猫公爵の後見人なんだが、なんとおまえに、その猫公爵のお世話係をしてもらえないか、と」

「猫公爵の、……お世話係？」

シャーロットは目をぱちくりとさせた。

クリストファーから『招待がいく』と予告されていた。それが何のことだかピンと来ていなかったのだが、これだろうか。

シャーロットとすれば、最高だ。猫公爵と好きなだけ遊べる上に、その本体であるクリストファーとも親しく顔を合わせることができるかもしれない。社交界デビューはしたものの、宮殿での社交にさほど興味が持てずにいたからこそ、このような猶予《ゆうよ》ができるのは嬉しい。

「身分は『宮殿付猫公爵お世話係』だそうだ。猫公爵については、知っているか？」

文書を持ったままの父に尋ねられて、シャーロットは力一杯うなずいた。

「ええ。とても高貴で、綺麗な猫よ。銀色の長い毛をしていて、目が金色なの」

猫公爵のことを思い浮かべた途端、クリストファーの長い銀色の髪と黄金色の目が思い浮かぶ。それくらい、一匹と一人は切り離せない。

「お目通りがかなったのか、猫公爵に」

「ええ。社交界デビューの日に、庭で抱きしめたわ。もふもふだったの」

その感触を思い出しただけで、早くまた抱きしめたくなる。王都にあるこの屋敷に猫はいない。だから、一時でも早く猫を抱きたくなる。猫公爵のもふもふの毛並みを思い出しただけで、気持ちがソワアッとした。

「猫公爵お世話係だなんて、願ったりかなったりのお役目だわ。具体的には、何をするの？」

「我が愛しき娘ながら、猫公爵に失礼を働かないか、いささか気がかりになるな。抱きしめた、ではなくて、畏れ多くも抱かせていただいた、だろ。相手は、公爵位なのだ」

「そうね」

宮殿では身分制度に厳しい。

気楽なシャーロットの立場ならまだしも、父は日々身分の違いについて配慮しながら行動しているのだろう。公爵位ともなれば、男爵が気楽に近づける立場ではない。

「カーク公爵によれば、猫公爵自身がおまえをたいそう気にいってくださったそうなのだ。だからこその、提案のようだが」

「やるわ！」

シャーロットは即答した。

「それに、お金も、もらえるんでしょ？　うちの家計が助かるわ。明日のジャガイモの支払いも大変だって、話していたのを知っているのよ。それに、侍女がまた二人、領地に帰されたし」

男爵家の会計が厳しいというのは紛れもない事実だったので、父は複雑な顔をしてうなずいた。

「しかし、どうしておまえに、そんな誘いが？」

そこが引っかかっているらしい。

その理由を、シャーロットは知っていた。自分は猫公爵の正体がクリストファーだと知っているからだ。

——秘密を守るためよ。

あっさりと教えてくれたが、もしかしてそれは、厳重な口止めが必要なぐらいの秘密だったのかもしれない。

味方に誘いこむか、もしくは監視できるところにシャーロットを置いておかなければならないほどの。

秘密を明かさないように注意しながら、シャーロットは答えた。

「猫公爵と、お城のお庭でお会いしたの。猫公爵は、人にあまり懐かないらしいわ。だけど、私には懐いたから」

「あらダメよ、シャーロット。懐いてくださった、よ」

やってきた母が、口を挟む。

「そうね、懐いてくださった」

「相手は、公爵位なのよ」

母からも言われて、シャーロットは今後、猫公爵のことを語るときには、気をつけようと心に刻んだ。

クリストファーと二人きりのときならまだしも、宮殿では猫公爵に関しての言葉使いや、言動に気をつけなければならないのかもしれない。クリストファーと会う前に、見知らぬ偉そうな男に、不敬だと怒鳴りつけられたことを思い出す。

だが、あの柔らかな猫公爵の身体を抱きしめたときのことを思い出しただけで、シャーロットは自然と笑顔になった。

その笑顔に、父もつりこまれたように相好を崩した。

「昔からおまえは、動物や人に好かれるたちだからな。提示された条件だが、宮殿に隣接したカーク公爵邸に住みこみ、猫公爵のお世話をすることになる。猫公爵が何より最優先となるから、月に一度ぐらいしか家には戻れない。せっかくデビューしたのに、舞踏会にもあまり出られなくなるのだが、……その分、礼金はかなりの額を提示された」

それに、母が口を挟んだ。

「だけど、待ってちょうだい。社交界デビューまで手塩にかけて育てた娘よ。いくら公爵位とはいえ、猫公爵のお世話係というのは、いささか問題があるわ。社交界デビューしてからの特に一年は、将来の伴侶を探すための大切な時間よ。そのタイミングで伴侶を見つけられなければ、一生響くかもしれないわ」

母にとっては、それが大問題らしい。何せ母はその時期に父と出会って、大恋愛をしたという話なのだ。

だが、取りなすように父が言った。

「カーク公爵からの親書に、こう書かれてもいる。『せっかく社交界デビューしたところですが、猫公爵のお世話係となることで、舞踏会にあまり出られなくなると、心配なされるかもしれません。ですが、頃合いを見て、僕がシャーロット嬢にふさわしい素敵な相手を紹介します』と」

「あら。さすがはカーク公爵。十分な配慮が」

「カーク公爵は有能だと聞いていたが、たかが男爵にまでこのような配慮をいただけるとは。さすがの心配りだな」

「できれば、カーク公爵自身を紹介して欲しいところですのよ。ですけど、それはさすがに高望みがすぎるかしら」

母が言うのに、父が答えた。

「うちのシャーロットは、どんなに高望みをしてもかなうほどの、愛らしくも、可愛らしい娘だ。それなりに着飾らせたら、そこらの令嬢には引けを取らない」

「ですけど、着飾るためのドレスがないのが問題ですわ。舞踏会のドレスも、調達できていないし」

「どこかから、譲ってもらえるんじゃなかったのか？」

「そのつもりだったんですけど、いざ現物を見てみたら、さすがに流行遅れすぎて」

両親はシャーロットの前で、そろってため息をつく。

黙って両親の話を聞いていたシャーロットは、腕組みをして冷静にコメントした。

「カーク公爵を結婚相手だなんて、さすがに高望みがすぎるわ。だってあのかた、びっくりするほどキラキラとしたハンサムでしたし、王位継承権第二位の公爵よ。わざわざ、男爵令嬢を選ぶと思う？」

現実的な言葉に、両親は気圧《けお》されたようにうなずいた。

「そ、そうだな」

「そうね」

「高望みはせずに、ドレスはカーク公爵からの礼金で作ればいいわ。一年ぐらい、みっちりと猫公爵のお世話係をさせていただいたら、ここのジャガイモ代以外にも、流行遅れじゃないお古のドレスの一着ぐらいは、譲ってもらえるぐらいの金額になるかもしれないわ」

「提示された礼金は、かなりのものだった。ここのジャガイモどころか、領地の種芋が来年の分、あがなえるし、中古のドレスどころか、新品のドレスもいくらかあつらえられそうだ」

「そうね。それに、カーク公爵邸に出入りすれば、礼儀作法見習いになるかもしれないし、そこでカーク公爵以外の素敵な殿方と巡り会えることもあるかもしれないわ」

「だが、安売りは禁物だぞ。うちの娘の良さを知り、尊重してくれるような相手じゃないと」

「やっぱり、カーク公爵じゃない？」

　母から夢見る目で見つめられて、シャーロットはあっさり肩をすくめた。

「無理よ。カーク公爵はとても綺麗で憧れるけど、そういう関係じゃないもの」

　彼のことを思い出しただけでドキドキするけど、結婚なんて考えられない。それに、クリストファーを狙っている令嬢は山のようにいる。あのような美しい令嬢を退けて、自分が選ばれるはずもない。

　公爵、侯爵、伯爵、子爵、男爵と、宮廷には歴然とした身分差がある。貴族は自分の地位を盤石なものにするために、婚姻関係を利用する。結婚しても何の得もない男爵令嬢が、公爵に望まれるはずがない。

シャーロットに甘すぎる両親も、そのあたりの現実は見えているようだ。

「そうだな。見初めてもらえれば、嬉しいものだが、高望みはよそう。礼金だけでも、ひどくありがたい。ここ数年、陛下がご病気で伏せっている間、カーク公爵と宰相が政務を司《つかさど》っている。陛下からの信任はとても厚いようだ」

世間におけるクリストファーの評価が高いことを知って、シャーロットは嬉しくなった。

理想の結婚相手なのだろう。だが、こちらは舞踏会のドレスさえ調達できない貧乏な男爵家なのだ。

「私が呼ばれるのは、結婚のためじゃなくって、猫公爵のためよ」

シャーロットはきっぱり言っておく。

そんなにも礼金をはずんでくれるのなら、猫公爵のお世話係というお役目をしっかりと果たしたい。

しかも、猫公爵を好きなだけもふもふでき、さらにはあのキラキラとしたクリストファーと顔を合わせることができるなんて、最高の仕事だった。


その一週間後。

シャーロットはカーク公爵邸からの迎えの馬車に乗った。

身の回りのものはすべて公爵邸で準備するし、侍女もつけるから、身一つで来てもらってかまわない。そう事前に言われていた。

だからこそ、衣服が入った大きめのバスケット一つだけで、侍女もつけずに向かったのだが、これで大丈夫だっただろうか。なんだか心細くて不安になる。

公爵邸は、シャーロットにとって未知の場所だった。

社交界デビューのとき、灰色のドレスを着ていたシャーロットにつきまとったくすくす笑いを思い出しただけで、なんだか心の中がべっとりとした嫌なものに覆いつくされる。だけど、スゲイトン男爵家の財政難を救うためには、自分が頑張らなければならない。

――礼金は一ヶ月分、先にいただいたわ。後は、毎月ごとですって。

自分がお金をかせいで、男爵家の役に立つのがとても嬉しい。

窓からカーク公爵邸が見えてくるにつれて、シャーロットの目は窓の外に釘付けになった。

――すごいわ。宮殿そのまんまだわ……！

カーク公爵邸は宮殿と回廊でつながっており、敷地は宮殿に隣接しているのだと、父から聞いていた。離宮のようなしつらえだから、宮殿の一部にしか見えない。

馬車はエントランスで停《と》まる。ものすごい豪奢《ごうしゃ》な建物を見上げながら、シャーロットは馬車から降りた。

どれだけ部屋数があるかわからない立派な建物だ。カーク公爵はここで使用人たちと暮らしているのだろうか。

——クリストファーの両親は、十年前の流行病で亡くなったって……。

クリストファーの正体は猫公爵だから、養子縁組なのだろうか。だったら、その場合の王位継承権は、いったいどういうことになるのか。そのあたりが全くわからないながらも、シャーロットはぐるりと周囲を見回した。

シャーロットを出迎える形で、馬車を止めたところから室内までずらりと居並んでいた使用人の数は三十人は下らない。

にこやかな顔で近づいてきたのは、この屋敷の家令と名乗る優しそうな六十すぎの男性だった。

「ようこそ、おいでくださいました。旦那様は、昼間は宮殿に出かけられていらっしゃいます。旦那様が戻られるまで、お部屋でごゆるりと。よろしければ、このお屋敷のご案内もいたします」

「すごい数ね。これで、全員なの？」

「いいえ。まだ他にも下働きの者がおります」

これでも全員ではないのだから、カーク公というのはどれだけの財力があるのだろうか。以前は気にならなかったのだが、家の資金繰りと使用人の数は釣り合うことを、シャーロットは我が身で思い知っている。

シャーロット付の侍女を二人紹介された後で、家令は屋敷内を案内してくれた。バスケット一つだけの荷物は、侍女が先に部屋に運んでくれるそうだ。

「まずはこちらから」

広々としたエントランスから大階段で上がったところに、宮殿にも引けを取らない豪華な大広間があった。石造りの空間だから、ひどく声が響く。ここで、カーク公爵主催の舞踏会が催されるそうだ。さらには、晩餐会《ばんさんかい》に使われるという大食堂や、サロンを開くのに最適といった小部屋も案内された。

パブリックな部屋が多いのは、ここはもともと宮殿の離宮として作られたからだと説明があった。どこもかしこも宮殿と並ぶぐらいに豪華で、調度も引けを取らない。

それらの部屋を案内した後で、家令は屋敷の奥のほうに進む。最初に案内されたのは、今日からシャーロットが暮らすことになる部屋だ。

「こちらをお使いください」

ドアが開かれ、中に案内された途端、シャーロットは目をしばたかせた。

一階の端にあたる部屋だ。大きく取られた窓から、庭の緑が見える。

壁には優美な壁紙が貼られ、書き物机やテーブルや椅子、食器棚などが置かれている。そこにはカップやお茶のための品が並べられているのが見えるから、ここで優雅なティータイムが楽しめそうだ。

白を基調にした可愛らしい部屋で、レースやピンクの色大理石をふんだんに使った内装は、見ているだけで気持ちが弾む。

「素敵ね」

明るくて、日当たりも良さそうだ。

「ここでしたら、舞踏会や晩餐会が開かれているときでも、あまりうるさくなく過ごせます」

「カーク邸で、舞踏会や晩餐会が開かれることはあるの？」

「かつては、外国からの貴賓がいらっしゃったときなどに開かれておりましたが、現在はほぼございません。陛下が病気に伏されてからは」

「陛下のご病気は、お悪いの？」

心配になって、聞いてみる。

それについて家令が口にできることはないらしく、曖昧に微笑まれただけだった。

シャーロットは視線を窓の外に移して、聞いてみる。

「この庭の向こうは、お城なの？」

「はい。あの塀の向こうから、宮殿の敷地でございます。ただし、宮殿の中は衛兵が警備しておりますから、許可なく立ち入られないようにご注意ください」

さらに家令は、奥の部屋にシャーロットを案内した。そこには天蓋付きのベッドがあり、ワードローブにも広いスペースが割かれている。

そのワードローブを開け放ってから、家令はにこやかに言ってきた。

「シャーロットさまのご衣装は、こちらに準備してございます。猫公爵さまのお世話をなされるためのご衣装がこちらです。ドロでお汚れになられても、爪で孔《あな》が空いても、一切、気にならされませんように」

「こんなに素敵なドレスで、猫公爵のお世話をするの？」

シャーロットは並んでいる衣装に呆然と見とれた。

猫公爵のお世話係として、どんな服を持ってくればいいのか、よくわからずにいた。宮廷用の礼装のドレスでは動きにくいだろうし、そもそもシャーロットはろくに服を持っていない。

ここに着てきたのは、装飾がごくごくシンプルな、日常用のドレスだ。家事を手伝ったり、畑仕事にも使える動きやすさなのだが、ややもすれば使用人と間違えられかねない。

与えられたお仕着せで過ごそうと思っていたのだが、そこにずらりと並んでいたのは、想像を遙《はる》かに超えた、流行の素敵で気楽なドレスだった。

舞踏会で着る礼装のドレスを思い切って簡略してあり、動きやすくて可愛らしい。特徴的なのは、簡単にドレスの裾をたくしあげられるところだ。裾を紐《ひも》で留める仕組みなのだが、綺麗にドレープが寄せられる仕組みがあって、そんなのも可愛らしい。

「そうでございます。旦那様が、どうにか間に合うように、と」

「ありがたいわ。あの方は、本当に気が利くのね」

舞踏会では今でも華美な礼装のドレスが主流だが、もう少し気楽な場ではこちらのドレスを着用する令嬢が多くなっていると噂では聞いていた。

シャーロットも時折目にするこれらの服に憧れていたのだ。堅苦しくなくて着心地も良さそうだし、何より動きやすそうだ。

それらが、ずらりとワードローブに並んでいる。しかも、自分用として。

「これ、着てみたかったの」

「こちらに五着ございますが、あと三着、じきに仕上がってまいります」

「八着も？　贅沢《ぜいたく》すぎるわ。うちの男爵家では、一着を着回すのよ」

笑ってもらいたくて言ったのだが、家令は本気に取ったようで、表情が少し生真面目になった。スゲイトン男爵家の窮乏を、耳にしたことがあるのかもしれない。

――マズいわ。

ここに着てきたドレスも地味で、洗濯しすぎてクタクタだったから、貧乏だという噂に信憑性《しんぴょうせい》がありすぎたのかもしれない。

シャーロットも、つられて少し真面目な顔になった。

「猫公爵のお世話は、この衣装でするの？」

「はい。猫公爵さまの日常的なお世話は、専用の侍女がさせていただきます。シャーロットさまにお願いしたいのは、猫公爵さまのお食事やトイレのお世話などではなく、遊び相手です。具体的には一日一度、宮殿の中庭まで猫公爵さまと一緒にお出かけになるお役目です。詳しくは、旦那様が直接、説明いたしますので」

「世話をするんじゃなくて、遊び相手？」

シャーロットは目をぱちくりする。それこそ、トイレ洗いまでするつもりでいたのだ。だが、さすがにそのあたりは男爵令嬢扱いらしい。

「遊ぶだけ？」

「そうでございます」

シャーロットは、ドレスに視線を移した。

「遊び相手としても、こんな可愛い服、汚してしまいそうで、心配だわ。もっと簡素な服のほうが良くない？　それか、上に布を当てるとか」

「汚してしまっても問題ございません。猫公爵のための公費が、潤沢に支給されてございます。汚れ具合や破れ具合がひどかったら、新しいものをオーダーいたします。シャーロットさまのサイズはスゲイトン男爵邸に問い合わせましたが、寸法が変わったというご自覚がございましたら、計り直しもいたします」

生真面目に言われて、シャーロットは少し首を傾《かし》げた。

「ここで美味《おい》しいものを出されたら、寸法がとても増えるかもしれないわね」

そこで家令が、この上もなく嬉しそうな笑みを浮かべた。

「はい。……うちの料理長も、シャーロットさまにたくさんお召し上がりいただくのを楽しみにしてございます」

料理長の料理に、自信があるのかもしれない。相手にたっぷり食べさせようとするのは、いい家だ。

この屋敷で歓迎されているのを感じ取って、ふわっと気持ちが楽になった。

さらに家令は、聞き捨てならないことを言ってきた。

「あと、もう少々日付がかかるのですが、舞踏会用のドレスも仕立てさせている最中でございます。旦那様が、シャーロットさまと一緒に舞踏会に出たいとおっしゃっておられましたので」

「公爵さまと舞踏会に出るの？　ドレスで？」

シャーロットは瞬きをする。

前回は大広間の外の芝生で、クリストファーと踊った。舞踏会に出てみたいという憧れはあったが、ドレスが調達できそうにない。そんな状況にあった中で、嬉しすぎる情報だった。

にこやかに家令はうなずいた。

「はい。旦那様がご自分から舞踏会に出たいなんておっしゃられるのは、初めてでございます。シャーロットさまと踊った日はよっぽど楽しかったらしくて、私どもに話までしてくださいました。あんなにも楽しそうな旦那様を見たのは、久しぶりでございます。普段は陸下の代理として、毎日忙しくしていらっしゃいますから」

——猫公爵なのに、公務もしているって、すごすぎない？

クリストファーが猫公爵なのを、この忠実そうな家令は知っているのだろうか。どこまで知っているのか探ってみたかったが、万一知らなかったらやぶ蛇だ。確認することすら危うい。

——だって、秘密って言われているもの。

その次に案内されたのは、猫公爵用のお部屋だった。猫公爵は気ままにこの屋敷の敷地内を闊歩《かっぽ》し、食事や夜だけこの部屋に戻ってくるそうだ。

今は猫公爵は不在だったが、部屋中に猫が遊ぶのに適したおもちゃや調度が置かれている。水飲みや餌を入れる皿は、スゲイトン男爵邸の来客用のものより上等な品に見えた。カーク公爵家の家紋まで入っている。

一通り屋敷を案内された後で、シャーロットは部屋に戻った。

そこに控えていた侍女が、紅茶の準備をしてくれる。人当たりが良く、思いやりがありそうな年上の侍女だ。

その侍女がいれてくれた紅茶はとても美味しく、焼き菓子もサクサクほろほろで美味しい。その味わいに目を細めながら、シャーロットは窓からの庭の眺めを楽しんだ。ここにいる使用人の誰もが、人柄が良さそうなのは、クリストファーの薫陶《くんとう》だろうか。

――とてもいいところだわ。楽しく過ごせそう。なんだか、お姫様みたいな扱いをされるのが、くすぐったくもあるけど。

男爵家では侍女が少なくなって人手が足らずに、シャーロットはいろいろ手伝っているのだ。

まずは一ヶ月、と言われている。

その期間、猫公爵との相性を見るようだ。そのテストに合格すれば、さらに継続して猫公爵のお世話係として雇ってもらえるようだ。ここは頑張るしかない。

――それに、結婚相手も探してくれるって、言っていらしたし？

舞踏会のドレスを準備してくれているそうだから、それを着てクリストファーと一緒に舞踏会に出たときに、良い相手を紹介してくれるのだろうか。

だが、そう考えた途端、ちくんと胸が痛んだ。本当は、結婚相手なんて探したくない。まだ恋に恋していたい年頃だ。

舞踏会について思うとき、心に浮かぶのは、楽しすぎたクリストファーとのダンスだった。

荷物はすぐに片付いたから、夕食を済ませて、最新式のバスタブでお風呂に入れてもらった。とてもいい匂いのする石けんにうっとりしていると、別の侍女がシャーロットを呼びにきた。

クリストファーが帰宅したそうだ。

急いで髪を乾かし、着替えもして向かうと、彼は館の奥の私的なスペースにある応接間にいた。

宮殿でみる他の貴族のように膝までの長衣をまとい、豪奢なレースが襟元を飾っている。銀色の髪は、首の後ろでリボンで一つにまとめられていた。長衣の縦のラインに沿って配置された飾りボタンの宝石が、シャンデリアの光をキラキラと弾く。

そのような隙のない格好をしていると、その顔立ちの精悍《せいかん》さや、背の高い長身の麗しさが際立って、近寄りがたく見えた。

こんな身分が高そうな姿のクリストファーと初対面で宮殿で出会っていたら、気安く話などできなかったことだろう。

「あの」

シャーロットは棒立ちになる。

だが、クリストファーはシャーロットに視線を向けた途端に、笑顔になった。自分が座っているソファの空いているところを叩《たた》いてぽんぽんと誘ってくれたから、そこに向かう。

誘ってくれたソファの空いているところに座ると、クリストファーはシャーロットの身体を背中から抱きしめて、軽く髪の匂いを嗅いだ。そんな仕草は、シャーロットが猫公爵の匂いを嗅ぐときに似ていたから、くすっと笑う。

シャーロットも猫公爵を抱きしめて、その匂いを嗅ぎたい。猫の姿に戻ってくれないだろうか。

「ようこそ、我が館に。不自由はないか？」

顔を向けると、クリストファーはシャーロットから手を離して、軽く足を組んだ。

膝の上で、軽く指と指を組み合わせる。そんなふうにポーズを取られると、ますますその麗しさが際立った。

「不満など、何もないわ。あの、……綺麗なドレスが準備されていて、とても嬉しいわ」

お風呂に入った後、シャーロットはその気楽なドレスを身につけている。

動きやすい上に、とにかく可愛くて楽だ。この世の中に、こんなにも楽な洋服があったのかと感動しているところだった。

「とても似合うし、可愛い」

クリストファーにじっと見られた後で満足そうに微笑まれると、余計にドキドキする。

シャーロットを結婚相手として屋敷に呼んだわけではないのだとわかっていたが、彼の目に自分がどのように映っているのか、気になった。

「舞踏会のドレスも仕立ててるって、……家令さんに聞きましたけど」

「ああ。仕立てあがったら、一緒に舞踏会に出席しよう。猫公爵の世話をさせることで、行き遅れになったら、親御さんに申し訳ないからな。君に似合いの、いい男が紹介できたらいいのだが」

「そうね」

相づちを打ちはしたが、シャーロットの口から小さくため息が漏れた。結婚相手を紹介してくれるのはありがたいことだが、今はその気になれない。なぜなら、最高にいい男が目の前に存在しているからだ。それに、結婚とか考えるよりも、猫公爵と遊んでいたい。

　無意識のため息だったはずなのに、クリストファーは耳ざとくそれに気づいたらしい。顔をのぞきこんで、尋ねてくる。

「どうした？　舞踏会には、出席したくないのか？」

「舞踏会には、出席してみたいわ。ドレスも着てみたいし、ダンスも踊りたいの」

「だったら？」

「……いい男を、紹介してもらえなくてもいいわ。だって、あなたがいるもの」

　正直な気持ちはそれだった。

　クリストファーと自分とは、身分差がありすぎる。彼にとって、社交界デビューしたばかりの小娘なんて眼中にないのかもしれないが、こうしてクリストファーを前にすると、彼に対する憧れの気持ちが否応なしに高まった。クリストファーがいるのに、他の男とダンスしたくない。

「なんてね」

　だが、やはり身分不相応だ。冗談めかして笑ってみせようとしたが、不自然な笑顔になった。

　クリストファーはそれを冗談として流さず、形のいい眉を上げて、からかうように言ってくる。

「本当に、僕でもいいの？　正体は猫だよ？」

意味ありげに見つめられて、シャーロットはドキドキした。

「秘密は守るわ」

「猫と結婚する気はあるの？　猫の眷属になるってことだよ」

その質問には、シャーロットは考えこまなければならなかった。

「どんな問題があるのかしら」

「そうだな。たとえば、猫と契るためには、いろいろな儀式が必要なんだ。肉体的に、とてもつらいこともある。君に、それが耐えられるかな？」

気遣うように見つめられて、シャーロットも真顔になった。猫である人間とつき合うのは、初めての体験だ。たとえば、どんなことが起きるのだろうか。

「つらいって、どれくらい？　変身するときは、どんな感じなの？」

「変身のときには、身体が二つに引き裂かれて、バラバラになるぐらいの苦痛がある」

「えっ」

シャーロットは息を呑んだ。

乳母はいろいろな物語をしてくれたが、その中には恐ろしい拷問の話もあった。人の手足に縄をくくりつけ、四頭の馬にその縄を縛りつけて四方に走らせ、手足を引き裂く。

想像しただけで、シャーロットは真っ青になって怯えたものだ。そんな苦痛を、クリストファーは変身のたびに味わわされているのだろうか。

シャーロットは思わず手を伸ばして、クリストファーの頭を抱えこんだ。

「大変なのね」

ソファに膝を立て、両手で包みこむ。

猫から人に化身するたびに、そのような苦痛を味わっているなんて可哀想だ。どうにかその苦痛を軽減させてあげたいが、自分にはそれができない。

頬に手を当ててクリストファーの目をのぞきこんだが、彼はそれよりもシャーロットの指が冷たすぎるのが気になったらしい。

そっと手をその指にからめられた。

「冷たいよ？」

「あなたが、怖いことを言うからよ。痛いのはつらいわ。あなたがそんなに痛いのだと思うと、悲しくなるわ」

肉体的な苦痛を想像してみただけで、指先まで冷たくなっている。だけど、それでクリストファーに冷たい思いをさせたのかもしれないと思うと、申し訳なく思った。

「ごめんなさい。冷たくまで、させたわね」

手を彼の頬から離してぐっと握りこもうとすると、その手に指をからめて、クリストファーが温めてくれる。

「ありがとう。そして、ごめんね」

「どうして、謝るの？」

「僕の苦痛をそんなふうに癒やそうとしてくれたのは、君が初めてだったから」

首を傾げ、よくわからないことをささやかれたが、間近から見つめられるだけで胸が騒ぐ。

クリストファーは自分がどれだけ女性の胸を騒がせる外見をしているのか、自覚があるのだろうか。猫公爵が人に化けている、という秘密を守るためには、もっと地味な外見をしておいたほうが、他人に興味を抱かれないはずだ。

そう思ったシャーロットは、クリストファーと指をからめたまま、忠告しておくことにした。

「あなた、猫公爵のくせに、人に化けたときの素敵さがすぎるわ。余計なトラブルを招かないためにも、もう少し目立たないようにする手もあるんじゃない？」

「余計なトラブルというのは、どんな？」

「ご婦人がたが、騒ぎすぎるでしょ？」

「その騒ぎに関しては、何度も経験してきたから問題はない。多少はご婦人がたが騒いでくれないと、人に化けた醍醐味《だいごみ》が味わえないしね」

少し大人な内容をしゃべられた気がして、シャーロットは首を傾げた。

「え？」

「まぁいい。次はもう少し地味に化けることにしよう。ところで、地味に化けるというのは、どんなふうに？」

ようやく指が温まってきたので手が離されたが、クリストファーの手はシャーロットの腰に巻きついて、離れてくれない。ソファの上に膝立ちの格好のまま、シャーロットは真面目に考えてみた。

「そうね。髪の色を、もう少し暗くするとか」

そのキラキラの銀髪が、何より目を惹きつける。猫公爵とも共通した色彩だから、正体を見破られるきっかけになってしまいそうだ。シャーロットもまずはその共通点が気になった。

「残念だが、あまり色彩は変えられないんだ。未熟でね」

「その透明で金色な瞳の色も、変えられないの？」

猫公爵そのままの、豪奢なる銀色の毛並みと、高貴なる顔立ち。

その中でも金色に近い光彩の瞳は、特別に綺麗なところだ。

手は普通なのだろうか。肉球とかは、どうなっているのか。そんなところまで、いちいち気になってくる。

気がつけばシャーロットは、クリストファーの手首をつかんで、そのてのひらをまじまじと眺めていた。

「これは、何をしようとしているところなの？」

甘い声でクリストファーが尋ねる。それにシャーロットは、大真面目に答えた。

「あなたの肉球を探そうとしているところよ」

「あった？」

「残念ながら、ないわね。あったらすごく可愛いと思うのに」

押したら出てこないかと、てのひらを指先で何度もなぞってしまう。

「僕はまだまだ未熟なんだけど、人の姿になっているときには、肉球は上手に隠すことはできるんだ。もっともっと長いときを生きれば、髪の色も瞳の色も、自在に変化できるはずだけど」

「今でどれだけ、生きているの？」

「そうだな。君の祖父のおじいさんの、そのまたおじいさんが生まれたころから、生きているかな」

目を細めながらのクリストファーの言葉に、シャーロットはびっくりした。

だが、その直後にクリストファーは肩をすくめて笑ったから、からかわれただけかもしれない。

手を離そうとすると、今度はクリストファーのほうがシャーロットの手首をつかんだ。

「ところで、君のほうにはすでに何か縁談があるの？　人気の令嬢だと、社交界デビューするなり、その邸宅に花やプレゼントを持った貴族の子息が詰めかけるそうだけど」

「残念ながら、うちには一人も来ていないそうよ。両親はカツカツながらも、求婚者が来たときのために、高級なお茶とお花と、お菓子も準備していたのに」

「だったら、責任重大だな。君に素敵な求婚相手を見つけてあげなければ、と思うのに、だんだんと他の男に渡したくなくなってきたよ」

そう言って、クリストファーはすうっと表情をあらためる。

シャーロットと密着しすぎていたことに気づいたのか、ようやく手を離して立ち上がり、向かいの椅子に移動した。

何やら真面目な話になりそうなのを察して、シャーロットもソファにきちんと座り直した。

クリストファーは居住まいを正して、軽く指を組んだ。

「猫公爵のお世話係の仕事を受けてくれて、感謝する。猫公爵は最近、とても人間が苦手になっていて、誰かが近づけば引っ掻くし、暴れるし、手のつけようがないんだ。ずっと世話していた侍女にも懐かなくなって、猫公爵が留守のときに掃除をして、餌の準備をするのが精一杯ってところだ。ここ一ヶ月で、まがりなりにも、猫公爵が人に抱かれたのは、君が初めてじゃないかな」

「どうして人が苦手になったの？　それまでは、大丈夫だったのよね」

「ああ。以前は陛下の膝に乗って、おとなしく撫でられていた。だけど、その陛下が病がちとなり、中庭に訪れることがなくなった。それで、猫公爵もへそを曲げてしまったのかもしれない。それから人が、――猫が変わったように、人に懐かなくなって」

そう説明してから、クリストファーは組んでいた指を外して、こめかみに触れた。

「だけどね。猫公爵は、あなたでしょ。自分でどうにかすることはできないの？」

「猫のときには、僕は僕であって、僕ではない。君にして欲しいのは、猫公爵の日常的なお世話ではなくて、宮殿の中庭に猫公爵を連れていって、一定時間、そこで遊び相手をする役目だ。以前なら、陛下ご自身が猫公爵を膝に乗せたり、遊んだりなさっていた。だけど、陛下はいらっしゃらない。もしかしたら、今後も、おいでにならないかもしれない。それでも、陛下が猫公爵と遊びたくなって、ふらりと中庭を訪れたときのために、そこに猫公爵がいる必要があるんだ」

猫公爵のお世話係だと思っていたから、陛下と顔を合わせる機会があるなんて、考えてもいなかった。

急に緊張感が増してきて、シャーロットは息を呑む。

「へ、……陛下がいらっしゃる、……の？」

「陛下にお目見えする可能性もあるから、そのときの猫公爵のお世話係は、侍女ではなく、それなりの教養を身につけた淑女にやってもらわなければならない。それで、君に目をつけた。そもそも中庭に出入りできるのは、伯爵以上と決まっているんだ」

「わ、……私は、男爵令嬢ですけど？」

おずおずと言ってみたが、問題ない、とばかりにクリストファーは軽く首を振った。

「社交界デビューできるぐらいのマナーを身につけていれば、大丈夫だ。陛下は猫公爵をとても可愛がっておられるし、執務の合間に中庭を散歩して、猫公爵と遊ぶ時間を大切にしておられた。猫公爵相手にぼやき、冗談を口にしたりして、ぼんやりするのが、息抜きらしい。何しろ陛下は、十年前の流行病で家族を亡くしておられるから、そのような相手ができるのは、猫公爵だけなんだ」

少しだけ、クリストファーは寂しそうな気配を漂わせる。その相手が自分ではないことを、嘆いているのだろうか。

——だけど、猫公爵はクリストファーで……。

シャーロットも、十年前の流行病については聞いていた。生き残った直系親族は、王の孫にあたるオリバー王子だけなのだと。

——それに、クリストファーも両親をそのときに失って……。

繊細すぎる問題だから、それについて尋ねるのは止めにした。

「私に、……できる？　陛下がいらっしゃったとき、ご無礼を働かずにいられるかしら」

王と顔を合わせるのを想像しただけで、緊張のあまり顔から血の気が引いていく。

それを見てとったのか、クリストファーは優しく言った。

「大丈夫。君は猫公爵のことだけ、考えていればいい。猫公爵と中庭で、遊んでいればいいだけだ。陛下がいらっしゃったときには、猫公爵を手渡して、目立たないようにしていればいい。何かを話す必要もない。それに、陛下は長いこと伏せっていらっしゃる。中庭を散歩されることも、ずっとないんだ」

それだけ、王の病気が悪いのだと思い知らされて、シャーロットは息を呑んだ。

それでも王と会う可能性は残されている。緊張のあまり身体から力が抜けなくなっていたシャーロットに、クリストファーがさらに優しく言った。

「謁見のときのマナーは、社交界デビューしたのだったら、心得ているだろ？」

「え、……ええ」

「ならば、心配はない」

そんなふうに言われると、少しだけ安心できた。礼儀作法の教育は受けているのだ。それに、猫公爵を手渡して、おとなしくしていればいいだけだ。

「猫のときの僕は、頭の働きも猫なんだ。人のときの記憶は完全に消えて、猫の本能のままに動く。猫のときに体験した記憶は、猫のときにしか思い出せない。だからね、猫である僕と遊んで、中庭は楽しいって思わせてくれる？　そうすれば、お世話係なしでも、猫公爵は中庭にいてくれることになる」

「今は中庭にいつかないの？」

「ああ。抜け出して、お城の庭まで行くことがある。この間、君がそこで猫公爵と会ったように」

「抜け出させずに、中庭にいさせることが、お世話係のお役目ね」

「そう。たっぷり遊んで」

そう言われれば、すぐにでも中庭で猫公爵と遊びたくなった。

人も猫も、誰かにかまわれなければ寂しい。シャーロットも、母が病気をしたとき、乳母のところに預けられた。乳母もそのときには忙しくて、誰にも遊んでもらえず、外でぽつんと空を眺めていた幼いときの記憶がよみがえる。母が死んでしまったらどうしようと考えて、べそべそ泣いていた。

——陛下にかまわれなくって、猫公爵は寂しいって。

クリストファーもそうなのだろうか。

クリストファーの両親も、十年前に亡くなったと聞いている。

それが知りたくて見つめると、クリストファーは反射的に笑みを返してきた。

世慣れた、綺麗な笑みだ。だけど、その心の奥までは見通せない。

猫公爵が陛下にかまわれなくて寂しいのだとしたら、人の姿のときの猫公爵もいっぱい可愛がっておかなければならない。

シャーロットは立ち上がり、クリストファーに近づいた。それから、両手を伸ばしてまたぎゅっと頭を抱きしめた。

「ん？」

驚いたように、クリストファーが声を上げる。その頭をますます抱きこみながら、シャーロットは櫛目《くしめ》が綺麗に入った銀色の髪に顔を埋め、心をこめて告げてみた。

「人の姿のときの猫公爵も、たっぷり私が可愛がってあげるわね。だから、安心して。寂しくないわよ」

故郷で、両親や城館で働く人々からふんだんに愛を注がれて育ったシャーロットだ。人に優しくしてもらえたときには、どれだけ胸がほっこりするか、知っている。

スゲイトン領は、貧しくても素敵な人々がいるところなのだ。

クリストファーはシャーロットの腕の中で、身じろぎを抑えて言ってきた。

「嬉しいな。猫公爵は、君にしか懐かないようだ。その理由が、少しずつわかってきたような気がする。僕も、君にだけ懐こうかな」

「早く猫公爵に会いたいわ。いっぱい遊んであげるの。まずはそのふかふかの毛をたっぷり撫でて、気持ちのいいところを探すわ」

猫公爵のみならず、クリストファーの身体も体温もしっくりと馴染《なじ》んだ。いつまでもくっついていたい気持ちになるのは、その柔らかで上等の服に包まれたクリストファーの身体つきのせいだろうか。シャーロットよりもずっと長身で、肩幅もあるのに、抱きしめやすい。だけど、他の人と抱き合っているときと違ってドキドキするのは、その麗しさのせいだろうか。

その感触をもっと感じたくて身体を擦りつけると、クリストファーのほうからも腰に腕を巻きつけてきた。

「君に抱きしめられるのは、気持ちがいいな。ふわふわするし、いい匂いがする。石けんの匂いかな？」

「そうよ。このお屋敷の石けんよ。とてもいい匂いがしたわ」

「僕も同じ石けんを使っているのに、不思議だね。君のほうが甘い匂いだ。小動物を、手の中に収めているみたいな気分になる。危険な本能が目覚めそうだ。ふわふわの美味しそうな獲物に、爪を立てたいという……」

「きゃっ」

強すぎる力に、びっくりする。

すぐに力は抜けたが、前よりも腕に力がこめられている気がしてならない。その腕から逃れられない。

立ち上がってシャーロットをすっぽり腕の中に抱きすくめながら、クリストファーが耳元で言ってきた。

「こんなふうに抱き合うのは、久しぶりだ……。両親を十年前の流行病で失ってからは、真のぬくもりを得られなかったような気がする」

「あなたは猫公爵なんでしょ？　そのご両親の元には、養子として引き取られたの？」

ずっと気になっていることを、ようやく口に出せた。

「ん？　え？　あ、ああ、そうだ。とても可愛がってもらった」

「寂しかったのね」

最初は寂しさを紛らわすための抱擁だったはずなのだが、なかなかクリストファーが腕を離してくれないから、だんだんと男性の身体の感触を意識するようになってきた。

優美に見えるが、しっかりと筋肉のついたたくましさに、自然と鼓動が早くなる。なんだか息苦しくなって、そろそろ抱擁を解いて欲しいと身じろぐと、ようやく力が緩められた。は、と大きく息をつくと、クリストファーが顔をのぞきこんでくる。

「ごめん。……痛くなかった？」

「大丈夫よ」

「だけど、なんか顔が真っ赤だ」

じっと顔をのぞきこまれて指摘されると、先ほどの抱擁が大人の抱擁のように思えてドキドキしたことを見透かされたようで、恥ずかしくなる。

「だってあなた、……いい匂いがするんですもの」

クリストファーの顔を見られない。

そんなシャーロットの髪に手を伸ばし、くしゃっとクリストファーが撫でた。

「君のほうが、とてもいい匂いがする。ミルクの匂いだ」

いかにも子供扱いしている仕草だ。勘違いはいけないと、シャーロットは自分に言い聞かせた。

第三章

『陛下はご公務の休憩の時間に、中庭を散歩されるのが習慣だった。だからそれに合わせて猫公爵を中庭に連れていき、そこで遊ぶのが、君の役割だ』

クリストファーは、シャーロットにそう説明した。

カーク邸の庭には猫公爵を保護するための柵や網が一面に張り巡らされ、その広い敷地内で猫公爵は気ままに過ごしている。午後二時に猫公爵用の部屋に戻るのは、その時間に餌が準備されるからだ。

そのときに猫公爵を抱いてかごに入れ、中庭まで連れていくのがシャーロットの仕事だった。移動するときには、猫公爵用のおもちゃも一緒に持っていく。それを使って、芝生の上でクタクタになるまで遊び倒すのだ。

猫公爵の集中力はそう長くは続かず、しばらく遊んでから休憩し、また遊ぶのを何セットか繰り返す。

その合間にシャーロットはそのもふもふした身体を抱きしめて、好きなだけ匂いを嗅ぎ、たっぷりと撫《な》で回す。猫公爵と遊んでいるとあっという間に時間は経《た》つし、自然と笑顔になった。

猫好きのシャーロットにとって、この仕事は幸せ以外の何ものでもない。

宮殿の中庭は猫公爵の遊び場用としての改築が繰り返されたようで、建物で囲まれている三方の壁は完全に窓が塞がれていた。よじ登れないように突起物も取り去られている。だから、いくら猫の身軽さであっても、そちらの方向からは逃げ出せない。

とはいえ、中庭はかなり広いスペースだったから、高い建物に三方を囲まれていても閉塞感はなかった。日も差すし、木もたくさん植えられている。

中庭だけでも、スゲイトン男爵邸がこの王都にかまえているシティハウスが、そのささやかな庭ごとすっぽり入るほどの広さはあった。

残り一方には回廊が延びており、その左右には衛兵が常に立っている。

──人だったら、絶対に逃げ出せない包囲網だけど、さすがに猫公爵は猫だから、この中庭から何度も逃げ出したって聞いたわ。

逃げ出した猫公爵は、たいていは宮殿の広い庭で見つかるらしい。そこは広大だから、探すのは大変だそうだ。宮殿の庭から出てしまえば、宮殿前の大通りではものすごい勢いで馬車が行き交っているから、事故にあう可能性があった。

猫公爵の安全のためには、中庭での付き添いが必要なのだ。

──つまりは、猫公爵が中庭から逃げ出さないために、遊び続けるか、目を離さずにいればいいってことなのね。

この広い中庭には、猫公爵の遊ぶところがいっぱいあった。

広い芝生の庭に、猫が登るのに適した木々があり、雨のときには避難できる、屋根のあるスペースもある。いつでも新鮮な飲み水に満ちた噴水もあった。

煉瓦が敷き詰められた小道は、いつでも木の葉一つ落ちていないほどに掃き清められている。宮殿の広い庭のほうも綺麗に手入れがされていたが、そこよりもずっと厳密に管理されているる。大勢の貴族に広く開放されている宮殿の庭とは違い、中庭は伯爵位以上のものしか入れないからだろう。

――猫公爵がここにいるのは二時間だけだけど、それ以外の時間は高位の貴族が散歩してるって、家令さんから聞いたわ。

特に、花壇の美しさは格別だ。

――いつでも、花が咲き乱れているの。

中庭に置かれた色大理石の高級な作りのテーブルやベンチは、いつでもそこでお茶ができるように拭き清められている。

そんな中庭の奥のほうにある芝生が、シャーロットと猫公爵お気に入りの場所だった。ふかふかの芝生の上で、いろんなおもちゃを使って猫公爵と遊ぶ。

猫公爵が気にいったおもちゃを、シャーロットはわざと取りにくい場所に投げてみる。猫公爵には野生の本能があるらしく、そのおもちゃをより端のほうに追いこんで、とらえるのが好きなようだ。

他のおもちゃでじゃらしたり、木登りを見守ったりする。

猫公爵が機嫌良く遊び終わったころ、シャーロットはクリストファーから『秘密兵器だ』と言われて託された干し肉を取り出す。それを察した途端に猫公爵がすり寄ってくるから、膝に抱いて食べさせ、疲れた猫公爵が膝で眠るのを見守るのが、この遊び時間の仕上げだった。

——可愛いわ……！

猫公爵とともに遊び回り、はしゃいだり、じゃれ合ったりするのは、シャーロットにとってもとても楽しい。

ここ数年は、社交界デビューのために家庭教師がつけられていたから、こんなふうに無心になって猫と遊ぶなんてなかった気がする。

猫公爵とともに、シャーロットは中庭の隅々まで探検していく。

ちょっとした池や、それを渡る橋。

透き通った水に光が反射すると、キラキラしてとても綺麗だ。

猫公爵はやんちゃだったが、シャーロットのことが好きらしく、一度も引っ掻かれたことがなかった。侍女は触れることすら難しいというのだが、別の猫のようにシャーロットには従順だ。

猫を撫でる魔法の手を持ったシャーロットにかかれば、猫公爵は赤子のようにおとなしくなる。撫でようと手を伸ばしただけで、気持ちがいいところを撫でられるのを予想して、身を預けてくれた。

この中庭で、猫公爵は国王陛下に可愛がられていたのだと聞いた。陛下が現れなくなったことを、猫公爵は猫の身でどのように感じているのだろうか。寂しくないように、自分がたっぷり可愛がるつもりだった。

休憩のときには、故郷で猫相手におしゃべりしていたのと同じように、猫公爵に話しかけてみる。

王都での暮らしと、故郷との暮らしのギャップ。両親と会えなくて寂しいこと。だけど、カーク公爵邸にいるのは、悪くないし、みんな親切でご飯は美味しい。クリストファーにドキドキすることだけが困る。

「カーク邸はご飯が美味しすぎるうえに、お菓子もいっぱい出してくれるのよ。いくらでも！　びっくりしたわ。ちゃんと自分で我慢しないと、新しく仕立ててもらったドレスが、パッパツになってしまうわ」

猫公爵はクリストファーだ。猫のときの記憶がないと言ってはいたが、一応はクリストファーに聞かれてもいいことばかり最初は話していた。

だが、猫公爵はシャーロットが何をしゃべろうとお構いなしという態度に見えたから、だんだんと内緒話も口にするようになっていた。

猫公爵の、お日様の匂いがする銀色の毛並みが好きだ。

その透明な金色の瞳はとても賢そうだし、高貴な顔立ちは見れば見るほどクリストファーに似ている。猫公爵が屋敷の部屋に姿を現すのは、決まってこの散歩に出かけるちょっと前だ。それ以外の時間は猫公爵の姿を見ないが、きっとクリストファーの姿で公務をこなしているからだろう、とシャーロットは思っている。

この午後二時から四時までの時間帯だけ、クリストファーは王と会うために、猫の形に戻っているのだ。

「たぶん、そうよね。そこまでして、陛下をお慰めしたいのよね。陛下が大好きなのね」

クリストファーである猫公爵の健気《けなげ》さに、シャーロットは胸を打たれる。

最初の数日は、いつ陛下がくるかと緊張していたが、まるでその姿は現れない。三日、一週間、二週間と経っていったが、中庭で会うのは、庭師や掃除をする者ぐらいだ。

こんなにも手入れが行き届いて綺麗で気持ちがいい中庭なのに、ほとんど使う人がいないというのはもったいなく感じられた。

日が経つにつれ、だんだんと中庭で過ごすことにも慣れてきた。

猫公爵も懐いてくれて、だいたい目が届くところにいてくれる。たまに木々の間で姿を見失うことがあったが、呼べば来てくれるし、遊び疲れれば寄り添ってきて、シャーロットの膝の上で眠る。

今日、シャーロットがお昼寝の場として選んだのは、形のいい木がいい感じに影を落とす芝生の上だった。だんだんと夏に向けて日差しが強くなってくる頃だったから、日影がいい。

準備した敷物を芝生の上に敷いて、ころんと横になる。芝生の上にそのまま横たわってもよかったが、さすがに公爵邸で準備してもらったドレスは素敵すぎたから、汚したくなかった。

芝生からいい匂いがしたし、閉じたまぶたに感じる木漏れ日が気持ちよかった。

軽く身体を丸めて動かずにいると、お腹のあたりに猫公爵が寄り添ってくる。そっと手を添えて撫でる。柔らかな毛並みが愛おしかった。

「最高ね。こういうところで、のんびりするの」

シャーロットは猫公爵に話しかける。

王都では四季の気候が安定しており、あまり暑すぎることはない。

特にこの中庭は、いい感じに風が抜けていくから、夏でも過ごしやすいだろう。

――これから先は、飲み物も準備したほうがいいかしら。

だが、噴水の水は綺麗な湧き水だと聞いていた。猫公爵は飲んでいたが、人でも飲めるのか、今度、誰かに聞いておきたい。

猫公爵をそっと撫でながら、シャーロットは身体の力を抜く。

今日はこの後、用事があった。先日からシャーロットには、カーク公爵家の家庭教師がつけられたのだ。一通りの礼儀作法と教養については社交界デビュー前に学んでいたものの、『猫公爵の相手だけでは退屈だろうから』というクリストファーの親切心により、空いた時間に家庭教師が来ることになった。

──だけど、私は退屈なんてしてないのよ。

初日はおとといだったが、どこまでシャーロットの知識があるのかを確かめるような、手探りのレッスンが行なわれた。だが二回目の昨日からは、本格的なレッスンが始められた。まずは、この国に隣接する国の、語学の習得だそうだ。

文法は共通しているし、似たような単語も多いのだが、少しずつ違いがある。その違いを習得する必要があるそうだ。

その勉強が憂鬱だと思っていると、どこかから若い令嬢の華やいだ声が聞こえてきた。

シャーロットは寝転んだまま、目を薄く開いた。近くに煉瓦《れんが》造《づく》りの建物の壁があるのだが、どうやら通気口か何かがあるらしい。建物の中の声が、ここまで聞こえてくる。

ふと、その内容に集中するようになったのは、クリストファーという単語が聞こえたからだ。

「……なのよ。明後日の舞踏会には、クリストファーさまも出席なさるんですって。ですから、私も絶対、出席したいって、お母様に頼んだのよ。ダンスは無理かもしれないけれど、クリストファーさまは見ているだけでも素敵ですもの」

その言葉に、同意を示すような令嬢たちのきゃっきゃとした声が響く。

「いいわね。私も出席したいわ。お父さまに頼んだら、どうにかダンスをお願いできないかしら」

「抜け駆けはなしよ」

場が沸いた後で、急に声は聞こえなくなった。教師でも来たのだろうか。しばらくしてから、美味しい焼き菓子の匂いが漂ってきた。

——お腹、空いたわ……。

シャーロットはお腹のあたりにいる猫公爵が眠っているのを確認してから、仰向《あおむ》けに寝返りを打つ。屋敷に戻ったら、お茶の時間だ。クリストファーはたいていいないが、家令がおしゃべりの相手をしてくれるから寂しくはない。

日差しがまぶしかったから、シャーロットは顔にそっとてのひらを翳《かざ》した。その隙間から、青空が見えた。

——舞踏会か……。

その噂のクリストファーは、ここで猫公爵として眠っているのよ、と考えると、シャーロットは愉快な気持ちになった。

人であるクリストファーと、シャーロットはダンスを踊っている。そのときの楽しさを思い出すと、またクリストファーと舞踏会に行きたくなった。

いつか連れていってくれると、クリストファーは言っていた。そろそろ舞踏会用の、素敵なドレスが仕上がったころだろうか。自分も、憧れていた令嬢のようなドレスで装えるのだろうか。

——だけど、……まだ、陛下は一度も、おいでになられていないのよね。

それだけが気がかりだった。

ここで猫公爵と一緒に、ひたすら陛下が現れるのを待っている。だけど、猫公爵と遊ぶばかりで、お役目を果たせていないのではないかと心配になる。

そっと猫公爵を撫でながら、シャーロットは言った。

「寂しいわね。早く、待っている人が現れるといいのに」

陛下も猫公爵に会いたがっているはずだし、猫公爵も陛下に会いたいはずだ。

陛下の病の床に、猫公爵を届けるわけにはいかないのだろうか。

宮廷の決まりはわからない。

だから、シャーロットはここで、ひたすら陛下の訪れを待つしかない。

家庭教師にみっちり語学の勉強をさせられたシャーロットは、へろへろになって部屋から出た。

家庭教師を玄関まで送った後で、シャーロットは家令を振り返る。

「今日、クリストファーは遅いの？」

「旦那様はさきほどお帰りになって、お部屋でくつろいでおられます」

「行ってもいい？」

「ええ。シャーロットさまなら、いつでも大歓迎だと言いつかってございます」

そう言われて、シャーロットは弾む足取りでクリストファーの部屋に向かった。お願いしたいことがあったからだ。

──明後日に、クリストファーは舞踏会に出るって、令嬢たちが噂話《うわさばなし》していたわ……。

ドレスが間に合うのならその舞踏会に出たいし、間に合わないのならもっと後でもいい。またクリストファーと踊りたい。あの軽やかなステップを踏みたくて、うずうずしているのだ。

クリストファーの部屋までたどり着き、ドアを叩いたが、返事がなかった。そっと隙間からのぞいてみる。

すると、窓際にあるソファで、クリストファーがうたた寝しているのが見えた。

彼の寝顔が見て見たくて、シャーロットは足音を殺してドアから入りこみ、クリストファーが眠りこんでいるソファの横に立った。

そろそろ夕暮れどきだ。

少し離れたテーブルの上に、あかりのついたランプが置かれている。その光と、窓からの残光にクリストファーの姿が浮かび上がっていた。

隙なく礼装で固めた、端正な貴公子風のクリストファーも素敵だが、こうしてシャツとズボン姿の油断しきった感じもたまらない。

長い手足を投げ出し、少し身体を丸めた姿は、猫公爵に酷似していた。公務のときには首の後ろできっちり結っている髪がほどかれ、肩や頬のあたりに乱れかかっている。シャツに伸びやかな身体の線が浮かんでいた。

だが、さすがにまだ朝晩は冷えこむ。こんなシャツ一枚では風邪を引かないだろうか。

室内を見回すと、椅子の背に彼の長衣がかけてあった。それを手にして、背中にそっとかけようとした。

そのときに見えた横顔に、ドキドキして動きが止まった。

びっくりするほど形のいい鼻梁が、絶妙な影を落としている。なんて絵になる人だと感動する。もっとこの姿を眺めていたかったが、シャーロットはそっとその背中に長衣をかける。

「人の身では、風邪を引きますからね」

ささやき声のはずだった。長衣だけかけてそのまま忍び足で出て行こうとしたのに、クリストファーはうたた寝から覚めたらしい。小さく身じろぎをして、何度かその長いまつげをしばたかせる。室内の薄暗さを不思議そうに眺めながら、室内を泳いだ視線がシャーロットで止まった。

「ん」

小さくうなずいて、何かをうながすようにしてくる。その仕草が何を示しているのか、すぐにはわからなかった。だが、シャーロットが座る場所を作るようにクリストファーが自分の足のほうに身体を丸めていったので、そこに座れと言っているように思えた。

シャーロットは、おずおずとそこに座ってみる。

すると、クリストファーが甘えるようにシャーロットの膝に頭を乗せてきた。

「……っ！」

ドキドキしたが、膝枕をさせるときの動きが、猫公爵とそっくりだ。シャーロットはその仕草に感動した。

――あなたは、やっぱり猫公爵なのね……！

だが、猫のときと人のときとは、まるで大きさが違う。それに、重さや感触も。

人の姿でいられると、あまりにも麗しすぎるからドキドキする。

この姿のクリストファーに膝枕をするのは新鮮で、シャーロットは膝に乗ったキラキラとした銀色の髪を感動とともに見下ろす。どうしても誘惑に打ち勝つことができず、そっとその髪に手を伸ばした。猫公爵の毛並みをもふもふするときと、今がどれだけ違うのか、確認したかったからだ。

部屋のランプの光を、髪は銀糸のように反射した。なかなか幻想的な眺めだ。さらにその髪が隠しているのは、今まで接したことがないぐらいに綺麗な男の顔なのだ。

――素敵だわ。どうすればこんなに綺麗に、人に化けられるのかしら。

その膝で、クリストファーは気持ちよさそうにしている。ややもすれば、そのまま眠ってしまいそうにも見えた。

自分にもその化身の術をかけてもらったら、宮廷一の美女に化けられるだろうか。

――だけど中身は私だから、きっと一緒に舞踏会に出ても、軽食を食べ過ぎちゃうのよ。

カーク邸で、いろんなご馳走《ちそう》の味を覚えた。いろんな動物の肉――淡泊な鳥の肉に始まり、噛《か》みしめるとじゅわっと肉汁が出る豚の肉や、とても香りのいい牛の肉。ここで口にする肉は高級なスパイスで香りをつけているから、臭みもない。

それに、さくさくのパイやシチュー。特にシャーロットが好きなのは、バターの香りのする少し柔らかな焼き菓子だった。それに、クリームをたっぷり盛ったパンケーキ。

美味しすぎるから、スゲイトン邸の人にも食べてもらいたくなる。前金を渡したから、以前よりも食生活は良くなっただろうか。

――スゲイトン邸の料理人も、素敵なのよ。ゴミ一つ出さないぐらい、節約料理が得意だし。

素朴なジャガイモ料理を思い出し、スゲイトン邸の人々に会いたいという思いがぶり返してきた。そのとき、クリストファーの長いまつげがしばたいて、頭が動いた。膝からまっすぐ見上げられる。

まつげも銀色だから、そのまつげ越しの瞳が煙るようにかすんでいて、一段と神秘的だ。

「どうした？　何を考えてた？」

寝起きの声はかすれていて、一段と色気が増していた。その頭の重みを太腿《ふともも》で受け止めている最中だから、余計にその肉体の感触を感じ取って、ぞくっと身体が震えた。

美味しい食べ物のことや、スゲイトン邸の人々のことを考えていたというのは、この色気のしたたるようなクリストファーには言いたくない。

シャーロットは薄暗くなってきた室内に視線を移した。

「内緒よ」

だけど、クリストファーは猫公爵だ。

今日、たっぷりおもちゃにじゃれついていた姿を思い出す。おもちゃをベンチの下に追い詰め、前脚でちょいちょいとなぶってくわえた仕草が可愛かったと思うと、自然と笑顔になった。

「やけに楽しそうだな」

「そう？」

「君が嬉しそうだと、僕も嬉しい。誰かに膝枕してもらったなんて、久しぶりだ」

「あら。だけど、猫公爵のときは、いつもしているわよ」

今日もたっぷり撫でた。猫公爵の頭の感触と、クリストファーの感触はだいぶ違うけれども。

クリストファーはシャーロットの太腿に、頬を押しつけるようにして寝返りを打った。

「人の姿のときは、こんなふうにしてくれる人はいないからな」

「だけど、カーク公爵は令嬢たちに、すごく人気だもの。その気になれば、いっぱいいるわよ」

「そんなことをしたら、結婚話になって面倒くさい。色気なしで、撫でて欲しい」

――色気なしで？

クリストファーが十年前に両親を失ったことを思い出す。猫公爵であるクリストファーはどんな少年――幼猫？　時代を送ったのか、知りたくなった。

「あなた、ご両親に可愛がってもらった？　それとも、ちっちゃなときは、猫だったの？」

まずはそのあたりがまるでわからないでいると、クリストファーは寂しそうに笑った。

「今、思い出すと、懐かしくて泣いてしまいそうなほど、両親には可愛がってもらったよ。皇后陛下や、皇太子妃殿下にも。……もう、あのころの人は、誰もいないけれども」

「そうね」

国王陛下の一族は、ごっそり死んだと聞いた。それほどまでに、流行病は容赦なく人の命を奪っていくのだ。

「あのときの流行病は、ひどかった。この屋敷にいた人間も、使用人も含めてほとんど死んだと聞いている。遺体を運び出した後、この屋敷はずっと閉鎖されてたんだ。それなりの日数を経るまで、ここに戻ることはできなかった」

流行病を防ぐためには、徹底的に接触を断つしかないと聞いている。街一つ、村一つが完全に閉鎖され、流行病が治まるまで、誰一人として出入りを許されないこともあるそうだ。

この華やかで豪華な屋敷にも、そんなときがあったのだろうか。

「あなたは、ここにいなかったの？」

「ああ。たまたま所用で、他の領地に行っていた。ここに戻るのを禁じられ、戻れたときには、親しい人たちはことごとく墓の中だったよ。最後のお別れを言うこともできなかった。あのときの絶望は、思い出したくもない」

クリストファーの話に、ぞくっと背筋が震えた。

それがスゲイトン領の話だったら、と考えたからだ。

親しい人たちが、あるときを境にすべて死ぬ。

それは、どれだけの絶望と喪失をもたらすのだろうか。おそらく、自分の内側がごっそりと削られたようになるはずだ。

クリストファーはそれを味わっている。国王陛下も、また十歳だというオリバー王子も。

クリストファーを慰めたくて、シャーロットはその髪にそっと手を添えた。指先が頬に触れたときに、クリストファーはシャーロットの指の冷たさに気づいたらしい。ピクッと震えて、その手を握りこんできた。

「冷たくなってる。僕はまた君を悲しい気分にさせてしまったらしいな」

「ごめんなさい。あなたのほうが、悲しいのに」

冷たい指で他人に触れるのは、気持ちのいいものではない。そう思って手を引っこめようとしたのだが、クリストファーはそれよりも先にシャーロットの指に自分の指をからめた。

「優しいね。君は、僕に同情してくれるんだ？　こんなにも、指が冷たくなるほどに」

「だって、あなたが悲しいことを言うから」

その透明な黄金の瞳に、惹きこまれる。猫公爵を抱き寄せるような感じで、その髪に顔を寄せていた。

猫公爵からは日向《ひなた》の匂いがするが、クリストファーから漂う匂いは、身体を内側からざわつかせるような甘い誘惑に満ちている。

胸いっぱいに嗅ぐと、頭がくらくらするほどの濃厚な芳香だ。

それにあてられて、顔を離そうとしたが、そんなシャーロットの腰の後ろにクリストファーは手を回して引き寄せた。

「マナーの勉強をしたんだろ？　こんなにも無防備に、男に顔を寄せたらダメだって、……教わらなかった？」

からかうように言われた。クリストファーは素敵だが、毎日猫公爵と遊んでいるだけに、クリストファーに対する親しみを抱いていた。何を言うんだとばかりに、シャーロットは笑った。

「だって、あなたは猫公爵でしょ」

人の姿になるとこんなにもハンサムだが、その正体は愛らしくもやんちゃな猫だ。今日も昼間にいっぱい遊んだし、くっついてうたた寝もした。

だから、クリストファーは危険でも何でもない。

毒気を抜かれたのか、クリストファーの手が腰から離れて、上体を起こしてきた。シャーロットの髪がくしゃくしゃにかき交ぜられる。

「っきゃ」

びっくりして首をすくめると、すかさず言われた。

「君の髪はふわふわしているから、僕の眷属かと思って」

クリストファーの手つきは柔らかく、撫でられていると気持ちよくなる。一度は身体を引いたものの、もっと撫でてもらいたくなって、シャーロットはその肩に身体をすり寄せた。

「じゃあ、もっと撫でて。ふにゃふにゃになったら、私も正体を現すかもしれないわよ」

クリストファーのことが好きだ。もっと親しくなりたい。親密な時間を持ちたい。彼の孤独を慰めてあげたい。

そうするための方法は、子供のときのじゃれ合いしか知らなかった。

クリストファーの肩に顔を埋め、全身から力を抜いた。だが、クリストファーの手が髪から顎に移動し、顔を上げさせられて固定される。

経験のない仕草に、シャーロットが薄く目を開けたとき、唇に何かが触れた。

――え？　何……？

びく、と身体が震えた。そっと押しつけられたものの感触は初めてだったけれども、悪くなかった。

ぼうっとしたままの目に映ったのは、近すぎるクリストファーの端整な顔立ちだ。

――今のって、……キス……？

唇が離れてから、そう気づく。

花びらがそっと触れて、離れたような感覚だった。人にキスされたという気がしない。あまりにも淡すぎて、唇に自分で触れただけで、かき消されてしまいそうな。

頬へのキスなら親愛のキスだが、唇同士のキスは親密なものと決まっている。恋人以外には、許してはいけないものだ。

だからこそ、キスされた意味がわからなくて、シャーロットはクリストファーを見つめるしかない。

クリストファーは楽しげな笑みを浮かべていて、まるで悪びれたところがなかった。

目が合うと、からかうように言ってきた。

「隙がありすぎだろ、シャーロット。そんなふうに甘ったるく抱きつかれ、キスしてと言わんばかりに目を閉じられたら、僕でもマズい」

「え？」

どういう意味なのか、わからなくて瞬《まばた》きする。

猫公爵を抱きしめる感覚でいた。だが、クリストファーにとってはそうではなかったのだろうか。

ぽかんとしているシャーロットに、クリストファーは苦笑した。

「君から、女を感じてしまいそうになるってこと」

そう言って、クリストファーはまた顔を寄せてきた。

唇が触れる前に、どうするのか尋ねるように動きを止められる。

自然と、シャーロットは目を閉じた。そうするのが正しいような気がしたからだ。何かが起きるようでドキドキする。相手がクリストファーなら、きっと悪いことではない。

何か未知なところに踏みこむようなわくわく感があった。

目を閉じたままじっとしていると、頬を両手で包みこまれた。

唇に与えられたのは、溶けてしまいそうな淡い感覚だ。

淡すぎて、またすぐに消えてしまいそうだったから、そうなる前に確かめたくて、シャーロットのほうから唇を押しつける。彼の唇は柔らかくて、独特の感触があった。弾力のある唇を擦り合わせることしか考えていなかったのに、不意に唇が開いて、ぬるりとしたものに舐《な》められたので、びっくりした。

「……っ！」

思わず、顔を引く。

クリストファーはシャーロットの頬を両手で包み直し、額と額を擦り合わせながら尋ねてきた。

「キスの感想は、どう?」

ささやく声は、シャーロットをからかうような甘さを内包している。

不意に、ここにいるのは猫公爵ではなく、クリストファーなのだと意識した。一気に体温が上がり、ドギマギが収まらなくなる。何か言わなければ、この場がつなげそうになかった。

「……わからないわ」

「わからない? だったら、もう一度、確かめてみる?」

そう言って顔をのぞきこまれると、またキスしてみたくもなる。頭がいっぱいで、感触を留めきれない。だから、次こそちゃんと覚えておきたくて、ぎゅっと目を閉じた。

キスは素敵なのだ。唇と唇が触れ合う感触が甘くて、何か特別なことをしている意識になる。

「そんなふうに目を閉じると、またキスしちゃうよ」

少し困ったように、クリストファーが言った。どうして彼が困るのか、わからない。

不意にクリストファーの声が、真剣味を帯びた。

「君は僕が知り合った中で、一番特別な女の子だな。僕のことを猫公爵だと信じているし、心の内側にもあっさりと入りこむ。このまま、君にとって僕を、特別なものにしてもいい?」

――クリストファーを、特別に？

意味がよくわからない。戸惑っていると、また唇にキスをくれた。

キスは与えられるほどに甘く感じられて、そのまま溺れそうになる。上がってしまう息に呼吸が追いつかない。

さらに真剣な声でささやかれた。

「君の唇がこんなにも甘いから、食べたくなったけど、いいかな」

「え？」

――食べる？

それもどういう意味なのかわからなかったが、声の響きに不思議と胸が騒いだ。

言葉の真意を確かめようと視線を向けたが、その前にまた唇を塞がれる。

そのキスは、今までの淡い、とらえどころのないものとは違っていた。

「……っあ」

頬に触れる手が包みこむものではなく、シャーロットの頭を固定するものとして感じられる。

逃げ場のないまま唇を何度も触れ合わされ、否応《いやおう》なしに味わわされるぞくぞく感に、たまらず口を開くと、中に舌が入りこんできた。

「っぁ、……っふ、……ん、ん、……ん……っ」

自分の口の中にある他人の舌を、どう扱っていいものなのかわからない。奥のほうに丸まりそうになった舌を、からめてとらえられる。

「ふっ！　ん、ん……！」

その瞬間、かつてないほどの生々しい疼《うず》きが体内を突き抜けた。反射的に顔をそらそうとしたのに、クリストファーは許してはくれない。

「ん……」

舌と舌とが触れ合うたびに、まぶたの裏でチラチラと閃光《せんこう》が瞬くような衝撃が走った。全身が痺《しび》れて、動けない。初めて味わう不思議な感覚に、ひたすら戸惑うしかない。

――だけど、相手はクリストファーよ。

自然と湧きあがってくる唾液が、口腔《こうこう》内にあふれた。

驚きと混乱とで頭が真っ白になり、抵抗がまるで形にならない。ただ身体をクリストファーに預けて、口を開いていることしかできないなんて、こんなのは初めてだ。

それでも、さすがに息苦しさが頂点にまで達し、どうにかもがいて逃れようとしたとき、不意に唇が離れた。

「はぁ、……は、は……」

唇から流れこんできた新鮮な空気をむさぼるだけで、他には何もできない。

だが、そんなシャーロットの肩をつかんで、クリストファーがそっとソファに仰向けに組み敷いた。

肩から手を離さず、シャーロットの身体をソファに縫い止めながら、クリストファーがなおもまぶたや頬にキスを降らせてくるから、くすぐったさにびくびくと身体は跳ね上がる。全身がやけに過敏になっていた。

「ダメ、よ、……猫公爵……」

とっさにそんなふうに口走ったのは、自分の身体がおもちゃのように、猫公爵にもて遊ばれているイメージが浮かんだからだ。

その言葉にクリストファーは一瞬だけ動きを止め、それからくすくすと笑った。

どこか人の悪い笑みに、こんな顔ができたのかと驚く。だけど、そんな表情ですら、クリストファーの魅力を惹きたたせる。

「不思議だな。少し前まで子供としか思わなかったのに、……君にとんでもなく、そそられてる」

「そそ……る？」

それがどんな感覚だかわからなかった。こんなふうに組み敷かれている状況は、なんだか怖いのにワクワクする。大切なクリストファーと、特別なことをしている感じがあった。彼と秘密を共有したら、より親密になれそうな気がした。

「そう。君が愛しくて、食べちゃいたい、ってこと」

「だから、食べては、……ダメよ」

食べるというのが物理的な意味ではないと、なんとなく理解していた。先ほどキスされたときに、クリストファーの唇が、シャーロットの舌を食べるように動いていたことに思いあたる。あれが、食べる、ということだろうか。

「君に求婚してきた人は、いないって言ってたよね。だったら、僕でもいい？　それとも、ずっと好きだった人はいる？」

尋ねながら、クリストファーの手はシャーロットの服にかかった。

身につけているのは、猫公爵のお世話用の可愛いドレスだ。動きやすいようにコルセットなどは使わず、胸の下で一度リボンできゅっと絞ってある。裾のほうに向かうにつれて淡いピンク色が強くなり、重なった薄いレースに刺繍された小花が浮き上がっていた。

その胸元のリボンをしゅる、とほどかれて、シャーロットはドキドキとした。異性に、こんなことを許してはならない。だけど、クリストファーの手の動きは、大切なプレゼントの包みを開いていくような丁寧なものだったから、あまり危機感は湧かずにいた。むしろ何か大切な出来事が始まるような、ドキドキ感ばかりでいっぱいになる。

「うちには、誰も求婚者は来ていないはずだわ。誰か来たら知らせるって、母さまは言っていたけど、……その知らせは、……一度も……来てないから」

「だったら、僕のものになってみる？」

そんなふうにあらためて聞かれると、これは特別な提案だと理解できた。

「だけど、あなたは猫公爵よ。猫の眷属になると、変身のときにすごく痛いと聞いたわ」

「大丈夫。君が変身することはないから」

そんな言葉をかわしている間にも、シャーロットの身体は横抱きにされて、背中のほうにあったリボンも緩められていく。ドレスはそのリボンで身体のラインに合わせてあったから、それをほどかれると肩紐《かたひも》まで浮いてしまう。

クリストファーの手つきには危うさがなく、侍女のように上手にドレスを脱がすことができるようだ。ドレスの下に着ていたシャツにまで手がかかり、これを脱がされたら肌が露《あら》わになってしまうから、シャーロットは慌てた。

「ダメよ、猫公爵」

「こんなときには、クリストファーって呼んでくれるとありがたいんだけど?」

そんな言葉とともにシャツが脱がされ、ドロワーズ一枚だけの裸体が外気にさらされる。一番気になったのははだけた胸元だったが、そこにすかさずクリストファーの手が伸びた。

「っあ!」

直接胸に触れた大きなてのひらの感触に、シャーロットの身体は大きく震えた。

いつになく胸に感覚が集中して、クリストファーの指を一本一本感じ取れるほどだ。

社交界デビューの前の年ぐらいから、急速に身体が変化していた。もう子供も産めるのだと、母が言っていたことを思い出す。

「すっかり、身体は大人だね。ここはあともう少し、大きくなるかな」

胸を包みこんだまま、クリストファーがささやいた。肌の感覚が極限まで研ぎ澄まされていて、皮膚の表面がヒリヒリするほどだ。彼の声からあまりいやらしさは感じない。危機感よりも大人だと認められた嬉しさに、少しだけ力が抜ける。

このまま先に進むのか、必死で拒むのかの選択を突きつけられていた。だが、胸にクリストファーの手が添えられているだけで、まともに動けない。

そんなシャーロットの首筋に、クリストファーは唇を落とした。

「っん！」

そこを唇でなぞられただけで、ざわり、と甘すぎる戦慄が全身を駆け抜けた。柔らかく包まれている乳房も、感覚の塊のようになっている。クリストファーの唇は続けて耳の下や、顎のラインなどに柔らかく押しつけられ、そのたびにぞくぞくが生まれた。その間にも、クリストファーの手は胸から離れない。

「っあ、……きゃ……っ」

そのとき、ふにふにと外側から胸の柔らかさを味わうように、そっと指が動いた。くすぐったくて、ゾワゾワする。その手に包みこまれている乳房が、爆弾のような感覚の塊になりつつはあった。

触れられているだけで、落ち着かない。

クリストファーは一度顔を上げ、まっすぐに顔を見つめて尋ねた。

「……すごく君が可愛くて、止まらなくなってるんだけど。このまま進んでもいいかな？」

意外なほど切実に響くクリストファーのこんな声を、シャーロットは初めて聞いた。

とても苦しそうで、何かの衝動を必死に抑えこもうとしているように思える。わざわざ尋ねてくるぐらいだから、ここで嫌だと伝えたら、彼はこれを中断してくれるかもしれない。

怖いから、そうしてもらいたい。だけど、クリストファーが欲しがっているものが何だか知りたい。

それは、こんなふうに身体に触れられていることに関係しているはずだ。こんなにも身体がざわついたことはなかった。このまま彼に身体を預けていたらどうなるのか、知りたくもある。

だからこそ、シャーロットは息を吸って、思い切って言ってみた。

「いいわ、……よ」

クリストファーは今までに会ったどんな人よりも魅力的で、シャーロットをドキドキさせてくれる。だから、クリストファーの特別な人になりたかった。彼が欲しがっている何かを与えたら、それが許されるのだろうか。

クリストファーは嬉しそうに目を見開いて、そっと笑ってくれた。

「ありがとう」

その言葉が、じんわりとシャーロットの胸に染みこむ。

その柔らかな膨らみは今まではそっとてのひらで包みこまれていただけだったが、感覚の塊のようになっていたその中心をなぞられる。途端に、びっくりするほどの強烈な甘い刺激が、身体の芯まで流れこんだ。

「っあ！」

すくみあがりながら、その感覚の源泉を探ってみる。桜色の乳首をなぞられるたびにそうなるのだとわかったときには、クリストファーがそのツンと張り出した乳首に唇を近づけていた。舌先で形をなぞられて、先ほどとはまるで違うつかみどころのない痺れが、身体の芯を直撃した。

「んっ！　……ッダメ……っ！」

とっさに口走ったのは、受け止めた感覚が激しすぎたからだ。自分の身体の中に潜んでいたとは思えないような甘さに、ビクビクと震えることしかできない。

だが、クリストファーはシャーロットの様子をうかがいながらも、舌の動きを止めることはなかった。熱くてぬるつく舌で乳首をなぞられるたびに、どうしても身体が跳ね上がる。じっとしていられないぐらい、身体に送りこまれる感覚は強烈だった。

「っぁ、……ぁ、……んぁ、や、あう……っ」

「敏感だね。ここ、気持ちがいい？」

「きもち……いい？」

「そう。ここを舐められるのは、気持ちいいだろ?」

言い聞かすようにささやかれて、これは気持ちがいい感覚なのだと気づいた。

クリストファーは快感を教えこむように舌先で転がし、唇の弾力を使って柔らかに押しつぶし、唾液をまぶしつけては舐めあげてくる。

「っぁ、……あ、あ……」

そのたびに広がっていく感覚に、シャーロットは上擦った声が漏れるのを抑えきれない。

こんなにも、自分の身体に快感が潜んでいたとは思わなかった。クリストファーの舌がうごめくたびに、そこから広がる快感にさらされる。初めての快感に溺れて、他には何も考えられない。

そんなシャーロットの反応には、クリストファーも満足のようだ。

「ここは舐めれば舐めるほど、もっと感じるようになるんだ。だけど、君は覚えがいいね。最初から、とても感じてる」

「これ……以上に、……なるの?」

それは、少し怖かった。これ以上の刺激があるなんて、信じられない。想像しただけで、気が遠くなる。

そのとき、軽くクリストファーはそこに歯を立てた。

「んぁ!」

ずっと甘さばかり詰めこまれていた身体に走った硬質の刺激に、びくんと身体が跳ね上がった。驚きに身体に力がこもるが、それが消えた後も、乳首には切なくてもどかしいような感覚が宿っていた。

また、今みたいにして欲しい。そんなふうに思った自分に、シャーロットは狼狽《ろうばい》した。

身体はさきほどの刺激を欲しがっているのに、クリストファーはなかなかそれをくれない。

ひたすら甘く舐めあげられ、その舌の器用な動きに、猫公爵がミルクを飲んでいたときのことを思い出した。あんなふうに自分の乳首が舐められているのかと思うと、いたたまれない。

だんだんと下肢まで疼いて、腰が動いてくる。

「あ、ひ、あ……っんぁ、……ぁ、あ、……あ……っ」

「とても敏感だね。反対側の胸も一緒にいじったら、きっともっと感じるよ」

——一緒に？

そんな言葉とともに、反対側の胸をてのひらで包みこまれる。

ひどくかゆく尖《とが》っていた乳首に、指が触れただけでも全身がゾクゾクした。さらにそこに、クリストファーの顔が近づいていく。ちゅ、といきなり吸われて、身体がのけぞった。吸われるたびに刺激が身体の芯まで抜けて、頭の中が真っ白になる。

「はぁ、……は、……は……っ」

ただ乳首を吸われているだけなのに、どんどん息が上がっていった。

さきほど舐められていた胸も、クリストファーの大きな手の中に収められている。軽く揉みあげられながら、親指の腹でそっと乳首をなぞられる。

両方の乳首から、それぞれ違う刺激を送りこまれると、どこでどう感じているのか、わからなくなった。

「……ぁ、……ん、ん、……、何か、変……っ」

身体がとても熱い。その中で、やけに下肢が疼いている。

特に異変を感じ取るのは、足のつけ根のあたりだ。そこがむずむずする。濡《ぬ》れたような感覚があって、足を擦り合わせたくなる。

「どうした？　何が、変？」

「身体が、……むずむずするの。溶けちゃいそうなの」

訴えると、クリストファーが柔らかく笑った。胸に顔を埋め、そのささやかな膨らみを頬で堪能しながら、乳首をちゅくちゅくと吸い上げる。少し噛まれているような甘さにあえぐと、その反応が気にいったのか、何度も繰り返された。

「っあ、……っんぁ、……あ」

身体の中で生まれた快感が、ぐるぐると体内を回る。

「溶けちゃうって、ここ？」

ついにクリストファーの手がシャーロットのなめらかな太腿の内側をなぞって、つけ根のほうまで移動した。

足を開かされる気配があったから、それに逆らってクリストファーの手を挟みこもうとした。だが、そんな抵抗は形にならない。

手を抜かれ、あらためて膝をつかまれて、足を大きく開かされた。暴かれたのは、まさにシャーロットが異変を感じている部分だった。

ドロワーズの上から、むずむずするところを指先でなぞられて、シャーロットはすくみあがった。

「ダメよ、そこ……っ」

声は上擦っているのに、そのくせ誘っているような妙な艶があることに、シャーロットは狼狽した。

だけど、暴かれそうになっている部分は、禁忌のところだという意識がある。どうにか腰を逃がそうとしてみたが、クリストファーの手は外れない。ドロワーズをあっさりと脱がされ、さらけ出された足の奥にクリストファーの指が触れた。

「っぁあ！」

腰がビクンと動いたのと同時に、指先がぬるっと滑ったことに驚いた。

「力を抜いて。気持ちよくしてあげるから」

優しくかけられる言葉に、シャーロットはぎゅっと閉じていた目を開けて、クリストファーを見上げた。泣いたつもりはないのに、目の周囲がしっとりと濡れている。

「ほんとう?」

震えながら、声を吐き出すと、愛しげに頬にキスされた。クリストファーの仕草はいつでも優しい。指先の動きにまで、シャーロットに対する配慮が行き届いているように感じられる。

それでも見られるのが恥ずかしくて足を閉じようとしたのに、クリストファーの身体がそこに割りこんできた。膝を抱え上げられた後で、不穏な気配を感じ取る。だが、何をされているのか確かめる前に、そこに生温かいものが触れた。

「っん!」

ぬるっとした独特の感触があったが、すぐにはそれがなんだかわからない。探ろうとして視線を向けた途端、驚きに身体が大きく震えた。

「ひっ!　あ、……っだめ……っ、そこ、ダメよ、……っん、ん……っ」

拒絶の言葉を吐いたのは、そこにクリストファーの麗しい顔が埋まっていたからだ。だとしたら、シャーロットの恥ずかしいところに触れている生温かい濡れたものは、舌だ。

「んっ……あっあっ」

その舌がうごめくたびに送りこまれてくる快感が強烈すぎて、声を抑えることができない。がくがくと腰が揺れた。その腰をしっかり抱えこみながら、クリストファーが言ってくる。

「大丈夫、力を抜いて。痛いことは、何もないから」

「っう……っ」

どう返事していいのかもわからず、恥ずかしさと混乱に涙が勝手にあふれてくる。

そこを舐めるなんておかしい。そう頭では思っているのに、舌がうごめくたびに、乳首を舐められるのとはまた違う生々しい快感にさらされて、うめくことしかできない。

じっとしていられなくて、宙に浮かんだ足の指にぎゅうっと力が入った。身体の内側から、舐め溶かされていくような感覚がある。

どうにか足を閉じようとはしたが、固定されたままかなわない。ひたすら、敏感なところを舐め続けられる。こんな刺激が続いたら、おかしくなる。

「……っふ、ん、ん……っ」

刺激を送りこまれるたびに、そこから身体が溶けていくようだ。自分でもじっくり眺めたことがないようなところを、クリストファーの舌は容赦なくなぞり、執拗《しつよう》に刺激を送りこむ。

「っあ！」

シャーロットはただ、与えられる強烈な快感に耐えることしかできなかった。じんわりと、全身に汗がにじんでくる。これは、いったい何なのだろう。とんでもなく恥ずかしく、普通ではないことをされている意識はある。

だけど、快感の側に意識を置いてしまえば、ひたすら気持ちがいい。

「っは、あ、……あ、……あ……っ」

下から上に向けて、クリストファーの舌がシャーロットの花弁を何度もなぞりあげていく。舌の動きは毎回、同じではなく、少しずつ違っていた。だからこそ、それぞれの刺激が新鮮で、次から次へとぞわぞわするような快感が生まれる。

「っあ、……ン、ぁあっ！」

花弁の感覚は一様ではなく、あまり感じないところと、とても感じるところがあった。神経が集中しているようなところをなぞられると、ぞくっと全身に鳥肌が立つような感覚があった。そんなふうに反応していたから、クリストファーにもよくわかったのだろう。だんだんと、感じるところばかり集中的に刺激されるようになる。

「っぁあ、……っぁあ、……あぁ、あ、あ……っ」

さらに、花弁を指先でくぱっと開かれ、その亀裂の奥のほうまで舌でなぞられた。

そこまで身体の内側に近いところまで舐められると、勝手に太腿や身体が痙攣《けいれん》した。

何かが身体からあふれ出し、それを舌で舐めあげられるのが恥ずかしくて消えいりそうになる。

たっぷりと舐めた後で、クリストファーは花弁の上のほうにある、とても感じるところを刺激するようになった。

少しかすめられただけでも、腰が逃げてしまいそうになるところだ。そこを標的にされたら、たまったものではない。

「ダメ、……んぁ、……あ、……んぁ、……ダメよ、そこ、……っ」

逃げようとした足のつけ根を、しっかりとつかまれた。さらにぺろぺろと、舌音まで響かせてなぞられて、ぶるっと腰がせり上がるように動いてしまう。

「……ダメ……っ！」

悲鳴のような声が上がったのは、かつてない初めての感覚が身体を襲ったからだ。

何かが来る。

そんな感覚にとらわれた。

そこにまた吸いついたクリストファーの唇で突起を転がされるのに合わせて、腰や太腿が勝手にがくがくと震えてくる。今までとは違う、大きな動きだった。

——何、これ……！

気持ちが良すぎて、何がなんだかわからない。

「っぁ、……あっあ、あ、……っあ……っ！」

とどめのように軽く吸い上げられた次の瞬間、シャーロットは強烈な快感が体内で爆発するのを感じた。

「っぁあ、……ぁ、あ、……っん、は、……う、……う、……ぁあ……っ！」

身体の中で何かが弾けたような感覚と同時に、壊れたように腰が揺れる。頭が真っ白になり、唾液があふれた。

身体の硬直が緩むのにつれて強烈な快感は消えていったが、頭がぼうっとするような余韻は残っていた。

何が起きたのかわからないまま、上がりきった息を懸命に整えていると、シャーロットの髪を優しく撫でて、クリストファーがささやいた。

「上手にできたね。可愛かったよ」

――上手に……？　何が？

驚いて、クリストファーを見た。

今、自分に起きたのが何なのか、いまだによくわからない。とても恥ずかしいことのような気がするが、クリストファーの声に賞賛するような響きがあったので、少しだけホッとした。

「今のは、……何？」

クリストファーはソファに横たわったシャーロットの顔を、そっとのぞきこんだ。ソファから抱き起こされる。全身がひどく汗ばんでいることに、シャーロットは気づいた。

頬をすり寄せて、クリストファーがささやいてくる。

「とても気持ちよくって、身体が弾けてしまったってこと」

「そうなの？」

シャーロットは自分の身体のどこかが弾けてしまったのだと、怯えて身体を見る。だが、そのようなケガは見当たらない。

「弾けてしまったというのは、身体じゃなくて感覚のこと。そうなると、僕はとても嬉しい。君が気持ちよくなってくれたってことだから」

「私が気持ちよくなると、あなたも嬉しいの？」

その心理がわからなくて尋ねると、クリストファーは少し照れたように笑った。

「そう。とても、ね」

クリストファーはシャーロットの頭を抱きこみながら、そのなめらかな頬をなぞった。

「これから、夫婦のことをしてもいい？　少し痛いかもしれないけど、許してくれる？」

――痛い？

そのささやきに、不安が広がった。痛いことをされるのはつらいが、それでもクリストファーが望むのなら、我慢できるかもしれない。

なんだか、少しずつわかってきた。

きっと今のは、痛いことをする準備だ。侍女たちが言っていた、少しだけ痛くて、それ以上に気持ちがいいこと。おそらくそれが、シャーロットを待ち受けている。それを通り抜けたら、大人の女になれるかもしれない。クリストファーの特別な存在になれる。

「いい、わ」

決意をこめて伝えると、ふわっとクリストファーが笑った。

「ありがとう」

その笑顔が、じわりと胸に染みた。なんだか、涙がにじむ。どうして涙が出るのかわからないが、これは悲しいからではない涙だ。

シャーロットの身体を大切そうに抱き上げて、クリストファーが寝室まで運んでくれた。大きな天蓋付きのベッドの中央に横たえられて、その身体の上にあらためてクリストファーが重なってくる。

ぎゅっと抱きしめられた後で、開かされた足の奥に指が入ってきた。

「っきゃ、……っあ、……あ……っ」

他人の指を身体の内側で感じる、という初めての感覚に、シャーロットはすくみあがった。

「痛い？」

「……だい……じょう、ぶよ」

痛みはない。そこは不思議なほど濡れていて、指をスムーズに受け入れた。

ゆっくりとその指を抜き差しされる。かすかに眉を寄せて、その独特な感覚を受け止めるしかなかった。

ずっとクリストファーの視線が、自分の顔に向けられているのを感じている。

寝室に、ランプは一つだけだ。ベッドの外に置かれているから、あまり良くは見えないはずだったが、どんな顔をしていいのかわからない。

その間にも、指は入ってきては、たっぷり中の粘膜を掻《か》き回して抜けていく。

指があるだけで、こんなにも落ち着かない気分になるとは知らなかった。自分の体内の襞を、初めて強く意識することになる。濡れた襞を擦られることで、だんだんと甘ったるい感覚が生まれてきた。

「……んっ、……は、……んぁ、……あ……っ」

落ち着かなくて、時折中にぎゅっと力がこもる。

そうしたときに、クリストファーの指の形が襞に刻みこまれた。クリストファーの指は、爪の形まで優美で綺麗だ。神様が魔法の力で猫を人に変えたものだから、あれほどまでの特別な造形になるのだろうか。

だけど、その指がシャーロットの身体にもたらす快感は、今まで味わったものがないものだった。最初は奇妙な感覚のほうが強かったが、だんだんとそれが快感として蓄積されていく。

クリストファーは指を動かす合間に、剥《む》き出しになっていたシャーロットの胸元に顔を寄せ、乳首を舌で引っかけるようにして刺激を与えてきた。

そんなふうにされると、ますます感じてしまう。

「中、すごく濡れてるね。どんどんあふれてくる」

かすれた声でささやかれて、少し心配になった。

「濡れるって、……ダメな……こと？」

「いや。……君が感じてるっていう証拠だ。こんなふうに濡れることで、身体の準備が整って

いく。だから、どんどん気持ちよくなって」

その言葉に、少しだけ安心した。感じるのは悪いことではないのだ。少なくとも、クリストファーはシャーロットを感じさせようとしている。

何もかも未経験なだけに、こんなふうにクリストファーが優しく導いてくれなかったら、この身体の変化に驚いて、もっと泣いていたことだろう。

指の動きがくぷくぷと、リズミカルなものに変わっていく。そこで感じる快感がますます大きく育っていく。ひくひくと、勝手に指を締めつける。

だが、すごく濡れているだけに、どんなに締めつけてもクリストファーの指の動きを止めることは不可能だ。

たまにぎゅうっと強く締めつけてしまうのが、ひどく恥ずかしくもあった。こんな自分を、クリストファーはどう思うだろうか。そんな不安と恐怖にさらされ、何度も彼の顔を見た。だけど、戻ってくるのは優しい笑みばかりだ。

だから、どうにか乗り越えられる。

——クリストファーが相手なら、……いいわ。

それでも、じわじわと涙が目尻を伝うのを止められない。勝手に声が漏れ、感じるところをかすめられると身体が跳ね上がる。

「っぁ、……あ、あ……っ」

「可愛い声だね」

　クリストファーはシャーロットの反応に興奮しているのか、少し上擦った声を出した。クリストファーでも、こんなときにはいつもとは違う反応をするんだ、とわかって、シャーロットの身体はさらに熱くなる。

　こんなふうに、我を失っているのは、自分だけではないのだ。

「好きだよ」

　そんなささやきと同時に、指が抜かれたそこに熱いものが押し当てられた。

「痛かったら、ごめんね」

　そんな言葉とともに、硬いものが身体を割り開く。

「——っぁあああああ……！」

　全身を襲ったものが痛みなのか快感なのか、もはや判断はできなかった。


　泣き疲れて眠ってしまったシャーロットの身体を、クリストファーは丁寧に布で清めてから、そっと寝間着を着せかけた。何度か目覚めそうな気配を見せたのだが、少女のまぶたは完全に上がることはない。今はとても深い眠りの中にあるらしい。

どこかあどけない寝顔を眺めていると、自分がしてしまったことがむごく感じられた。

——だけど、後悔はしてない。……シャーロットに、後悔もさせたくない。

どうして社交界デビューしたばかりの子供のような娘を相手に、欲望が止められなかったのかと、自分を責める気持ちが強くある。だけど、孤独を慰められ、ぎゅっと抱きしめられたあの瞬間、彼女を自分のものにしたくなった。

ここまでの強い衝動が、自分の中にあったなんて知らなかった。今でのあの瞬間を思い出すと、喉の渇きすら覚えるほどだ。

——なんだったんだ、あれは……。

大勢の求婚者に囲まれ、ときには強烈なアプローチを受けながらも、その気になれなくて受け流してばかりだった。その自分が、年端もいかない少女に骨抜きになった。

女性に心が動かされることがなかったから、いつか自分は国にとって、有益な相手と政略結婚するのだと思っていた。いくらでも、自分を利用してくれていい。そんなふうに思っていたのに、こんなことになるなんて予想外だ。

だけど、今振り返ってみれば、こうなるしかなかったような気もする。すべてが運命のように、出会った瞬間からあらかじめ決まっていた。

運命に操られてシャーロットを自分のものにしてしまったからには、もはや愛おしさしか覚えない。

シャーロットの横に添い寝しながら、クリストファーはその寝顔を飽かず眺める。そっと身体を抱きこみ、金色の巻き毛を撫でた。

――初めて見たときから、……印象的な子だった。

ずっと『カーク公爵』として接してくる相手ばかりだったたから、シャーロットに猫として扱われるのは新鮮で、楽しかった。その気安さが忘れられず、彼女を手元に引きこまずにはいられなかった。

――だって、……膝枕まで、……してくれるんだ。

久しぶりのぬくもりに、溺れた。その柔らかで、華奢《きやしや》な太腿の感触が胸に染みた。十年も前に失ってしまった両親や、乳母たちや使用人のことを思い出して、泣きだしそうになった。

シャーロットはクリストファーの失ったものを思い起こさせる。温かな家庭に、心の安らぎ。愛しいという感情を。

だから、シャーロットとこうなってしまったのだろう。

後悔しているのは、シャーロットの若さについてだ。

社交界デビューした令嬢は、大勢の男性に求婚され、恋愛ゲームを楽しむことで人間的にも成長していく。

だけど、シャーロットにそうさせることを、永遠に奪ってしまった。ここまで愛しく思ったシャーロットだから、今さら手放せない。

触れるとてもなめらかで、柔らかな肌。夢見るような眼差し。遠慮のない、可愛らしい口調。それらを、シャーロットが他の男に向けるなんて許せそうもない。自分以外の男とダンスすることさえ、許可できない。彼女のすべてを、自分が独占してしまいたい。

かつてないほどの独占欲を覚える。こんな自分など、知らなかった。

——だけど、……その埋め合わせはするから。

愛しい娘を起こさないように注意しながら、クリストファーは額に何度も口づける。

十年前から、ずっと空虚なものを胸に抱えていた。空っぽの公爵邸で、誰とも深く接することなく過ごしてきた。

王が猫公爵の後見人をクリストファーに命じたのは、その空虚さを見抜いてのことなのかもしれない。どれだけ自分があのころ、無気力でいたのかを思い出す。

——だけど、それは陛下も同じだったはずだ。

愛するものを一度に失うという恐怖を抱えこんだ二人だった。慣れない猫の世話を手ずから行うことで、クリストファーはあのころ、どうにか生きていたような感じさえある。

——だから、猫公爵は僕の恩人なんだ。分身のような気さえする。猫公爵は我《わ》が儘《まま》で、食べるものの好みが厳しくて、だけど、見ているだけでもたまらなく愛おしくて救われた。

愛する対象を失ったことで、自分に恋などできるとは思っていなかった。自分の中に、猫公爵以外の誰かを愛することができる感情があることさえ忘れていた。

だけど、今は奔流のようにあふれ出す感情がある。十年間、ずっとせき止められていたその感情が動きだし、堰《せき》を破って決壊しそうになっている。

——どうしよう。この娘に何から与える？　十分に着飾らせて、贅沢もさせて、甘やかしたい。僕のものだと周囲に思い知らせておくんだ。……ああ、まずはご両親に、結婚の許可をいただくのが先か。他の男に横取りされるなんて、ないように。

シャーロットの頬に、クリストファーは唇を移す。少し目尻が涙で濡れているのが、ずっと気になっている。

初めての身体だから丁寧に抱いたつもりだったが、どうだっただろうか。

どうしても破瓜《はか》の痛みは与えずにはいられないのだが、そのときにぎゅっとしがみついてきた腕の、生々しい強さがずっと胸に残っている。

——つらい思いをさせただろうか。

シャーロットに負担を与えたくない。その代償として、たっぷり気持ちよくしたつもりだが、どうだろうか。

——この娘に嫌われたら、……この先、僕はどうにかなる。

急に不安になった。

彼女が明日、目覚めたときに、どんな反応をするのか、楽しみではあったが、怖くもある。

彼女に避けられたり、嫌われたりしたら、自分はとんでもないダメージを受けそうだ。ここまで他人のことが気になるなんて、この十年では初めてだった。

いつまでも彼女の顔を眺めていたかったが、明日も重要な政務がある。

クリストファーはランプを消し、彼女のそばに身体を横たえた。

仰向けになって、目を閉じる。感情が昂《たかぶ》っていて眠れそうもなかったが、聞こえてくる寝息に自分の吐息を合わせていると、少しずつ眠りに引きずりこまれていく。

だけど、胸がふわふわふわと騒いだ。

自分は恋をしている。

このような、社交界デビューしたばかりの少女に。

そのことが、少しくすぐったい。

だけど、嬉しかった。

こんなときめきは初めてだ。

この気持ちを、慎重に、大切に、育てていきたい。

第四章

目が覚めたときから、シャーロットは自分がいた世界が急変したような感覚を覚えていた。

眠っていたのは、クリストファーの寝室の大きなベッドだ。代々屋敷の当主が使う、天蓋付きの立派なもの。天蓋の布は柱のところでまとめられ、部屋の窓の覆いも開いているから、ベッドから見える室内はとても明るい。庭の鳥が鳴き交わす声も聞こえてくる。

目は覚めたものの、身体に違和感があった。どうして自分はクリストファーのベッドにいるのかと考えたとき、昨夜の出来事が一気によみがえってきた。

――そうだわ。……昨日、クリストファーと。

だからこそ、こんなにも足の奥がジンジンと痺れているのだ。たくさんキスされた唇にも感覚が残っているようで、そこを自分でなぞろうと手を伸ばしかけたとき、柔らかく声が聞こえた。

「おはよう。よく眠れたか？」

声がするほうに寝返りを打つと、同じベッドで横たわっているクリストファーが、少し上体を起こして明るい光の中で微笑んでいた。

身体の下で軽く腕を立て、横向きに自分で腕枕をしている。

今日の彼も、息を呑むほどに魅力的だ。寝乱れた髪が肩や顔にかかり、その色香を増幅させている。裸のままの上半身が、その野性味を惹きたたせた。

この身体に昨夜、組み敷かれたことを思い出しただけで、鼓動が大きく乱れた。その身体の重みを我が身で思い知った。だけど、悪い体験ではなかったはずだ。どこか甘くて、切ないような感覚がずっとあった。

「動けるか？　無理なようなら、今日は一日寝ていてもいい。ベッドに食事を運ばせる」

「大丈夫よ」

もともと、丈夫なのが取り柄だ。

そう思って、クリストファーのほうに完全に寝返りを打とうとしたが、足を動かした途端にズキンとその奥が痛んだ。反射的に顔をしかめると、クリストファーがシャーロットの肩をそっと抱きこんで言ってくる。

「無理はしなくていい」

その言葉とともに、クリストファーはシャーロットの額にそっと自分の額を押し当てた。そんな親密な仕草に、さらに鼓動が跳ね上がった。身体に触れられたことで、ますます昨夜の体感がよみがえる。

あのようなことをしたことで、自分はクリストファーの特別な存在になれたのだろうか。誰かとこんなふうに額を合わせて熱を測られるなんて、幼いとき以来だ。

「少し熱があるな。今日はベッドで、ゆっくりと過ごせ」

そんなふうに、クリストファーは結論を出した。

言われてみれば、全身が少し熱っぽいような気がする。あちこち痛むし、きしむ。最中は快感の他に何もわからなかったが、それなりにダメージを受けたのかもしれない。

身体の中に、まだ何かが入っている感覚が消えずにあった。

だが、なんだか大きな試練を乗り越えたような達成感が、シャーロットにはある。

――大人になった感じ？

身体の力を抜いて、おとなしくベッドに仰向けになると、クリストファーが上体を完全に起こして、手をシャーロットに伸ばした。髪をくしゃくしゃと撫でてくる。

どこかひどく甘やかされているような気がするのは、昨夜のことと無縁ではないはずだ。あんなふうに直接、身体でつながるなんて知らなかった。ひどく動物的で、それだけに忘れられない生々しさがあった。

シャーロットが痛みを覚えたとき、クリストファーも苦しげな吐息を漏らしたことが、ひどく記憶に残っている。

できるだけ痛みを軽減させようと、シャーロットの身体のあちらこちらにキスしてくれた。

そのときの優しいキスと、抱きしめられた記憶が甘さと化して、胸にぎゅっと詰めこまれている。

──優しい人なんだわ。……好き。

その体験をする相手が、クリストファーで良かった。そんな思いをこめて見つめると、クリストファーも無言でこちらを見つめてくる。その眼差しが、以前よりもずっと柔らかくなったような気がする。

出会ったころはもっとクールで、からかうような目をしていたように思えるのに。

ふと、シャーロットは自分が夜着を身につけていることに気がついた。眠っている間に、クリストファーが着せかけてくれたのだろうか。

ドレスの下に自分が昨日着ていたのは、色気のない白い長いシャツだったはずだ。だが、今、身につけているのはたっぷりとレースが使われ、胸のあたりがきわどいデザインになった大人の夜着だ。これはいったいどこから、と考えていると、言われる。

「それは、僕が着せた」

「……そう」

「君用の衣装を、あれこれ頼んであったんだ。それが仕立てあがったので、近いうちに渡そうと思ってた。まだこれは君には早いかな、と思ってたんだけど、こんな形で着させるとは思っていなかったな」

クリストファーはくすぐったそうに笑う。シャーロットにとってクリストファーと結ばれるのが驚きだったように、クリストファーにとっても、こんな関係で結ばれたのは予定外なのだろうか。

不安になっていると、クリストファーが毛布をかけ直しながら言ってきた。

「まだ約束はできない。陛下の許可が必要だ。少し待ってくれる？」

「約束って？」

どういう意味だかわからずに聞き返すと、クリストファーが首を傾げた。

「結婚の約束」

「え？」

びっくりする。彼とは身分差がある。こんな貧乏な男爵家の娘と、クリストファーは結婚してくれるのだろうか。

だが、この表情の変化を、クリストファーは誤解したらしい。

「ごめんね。急ぎすぎたかもしれない。だけど、考えておいて」

落ちこんでいるのが、びっくりするほど一目瞭然だ。

世慣れたクリストファーが自分のことでこんなふうに感情を左右されるなんて思ってなくて、シャーロットはびっくりした後にクスクスと笑った。

「あなた、何でも見抜いているように見えるくせに、肝心なことは見えてないのね」

「そうかな。君の表情は、とてもわかりやすいよ。何でも、考えていることがわかる」

「そう?」

そんなふうに言われると、試してみたい気持ちになった。シャーロットはことさら無の心になるように努力して、胸の前で指を組み合わせながら問いかけてみる。

「だったら、今は何を考えたのか、わかる?」

何も考えない。

だけど、その端から、いろいろな雑念が湧きあがりそうになるから困る。

「うーん……」

顔をのぞきこんでくるクリストファーの髪が、顔にかかった。その顔が素敵だとか、そのいい感じに筋肉がついた胸元に、手を伸ばして触ってみたいだとか、ますますいろいろな思いが浮かび上がってしまう。

しばらく真剣な顔でうなった後で、クリストファーが言った。

「お腹空いた、だろ」

「あたりよ!」

はしゃいで笑った拍子に、ぐう、と腹が鳴った。

気づけば、すごくお腹が空いている。

クリストファーがそんなシャーロットを抱きしめて、耳元でささやいた。

「どこで食べる？　今日は特別だから、ベッドの上にしようか？」

「そうね、ベッドの上は最高だわ」

スゲイトン男爵家では、ベッドの上で食べることなど絶対に許してくれなかった。だけど、きっと楽しいはずだ。

クリストファーといると、何もかもがキラキラと輝いて感じられる。

彼は新しいことを、次々とシャーロットに教えてくれた。


クリストファーとじゃれ合いながらベッドで朝食を取った後で、彼は公務があるから、と宮殿に出かけてしまった。

――仕方がないわね。

国王陛下が長い間伏せっていることもあり、その代理をしている宰相とクリストファーは多忙らしい。

国を継ぐのは陛下の孫にあたるオリバー王子なのだが、まだ十歳だから、クリストファーの助力が必要なのだろう。

クリストファーがいなくなってから、シャーロットはもう一眠りした。

昼すぎに、目が覚める。いつまでも寝ているのに飽きてきたので、そろそろとベッドから下りた。

——大丈夫。そんなに、痛くはないわ。

クリストファーが最大限、気を遣ってくれたからか、痛みはあまり気にならないぐらいになっている。クリストファーが準備してくれた猫公爵との遊び用のドレスなら、侍女を呼ばなくても一人で着られる。

それをもぞもぞと身につけながら、シャーロットは自分の身体を点検した。

——動けるわ。

今から支度をすれば、日課となっている午後二時からの猫公爵の中庭の遊びに間に合うだろう。

今日は散歩をしないでいい、とクリストファーは言ってくれたのだが、猫公爵はシャーロットとの散歩を楽しみにしてくれている。それをこちらの都合でなしにするのは、可哀想だ。

それに、もしかしたら今日たまたま、陛下が中庭に散歩に出るかもしれない。

シャーロットにとっても、猫公爵との遊びは楽しみなのだ。

だからこそ、部屋に準備されていた軽食を取った後で、いそいそと猫公爵の部屋に出かけていく。

時間になってから猫公爵の入った大切なバスケットを抱えて、中庭に出た。

やっぱり、なんだか世界が変わって感じられる。吹いてくる風にさらされる全身が、大人になったような感覚がある。柔らかに降り注ぐ陽光も、クリストファーとシャーロットが結ばれたことを祝福してくれているような気がした。

——それに、結婚、ですって。

驚きすぎてすぐには承諾できなかったが、次に言われたらうなずくつもりだった。

こんなにも、幸せでいいのだろうか。

クリストファーのことを思い出すたびに、胸がきゅんきゅんとして、ふわふわとした気分になる。胸に詰めこまれた感情を持てあまし、それをどこかで発散させなければ、叫びだしそうだ。

——今日は、あなたといっぱい遊ぶわね！

その気概とともに、猫公爵を中庭に放したのだが、さすがに身体がきつかった。

猫公爵は不思議とシャーロットの異変を察したらしく、おもちゃで一人遊びを始めている。さらには木に登ったり、駆け回ったりした。シャーロットは芝生にぺたんと座ったまま、それを見守って日向ぼっこをした。

猫公爵はとても元気だが、遊びに集中している時間はそう長くはない。

遊び終わると、休憩のためにシャーロットにすり寄ってくる。膝の上で丸くなり、どことなくシャーロットを気遣うような気配を見せる。

そんな猫公爵を、シャーロットはもふもふ撫でた。

「心配してくれてるの？　いい子ね」

猫公爵の気持ちがいいところを探して撫でると、ごろごろと喉を鳴らす声が聞こえてくる。

猫公爵を見てるだけで、愛おしさがこみあげてきた。閉じた目のラインや、銀色のふさふさとした毛や高貴な顔立ちが、どうしてもクリストファーと重なった。

そのせいもあって、猫公爵を撫でながら、口にしていた。

「あんなふうに、あなたとなったことに、とてもびっくりしているのよ」

心の準備もできていないうちの、突然の出来事だった。

キスされ、抱きこまれて、なすがままに奪われるしかなかった。

後悔しているわけではない。あまりに急激な変化に、気持ちの整理ができていないだけだ。

言葉にすることで、自分の気持ちが少しずつ整理できる気がした。それもあって、誰もいない気安さの中で、シャーロットは猫公爵に話しかけた。

「ちょっと早まっちゃったかな、という気持ちもあるのよ。だけど、あなたはすごく優しかったから、……ますます好きになったの」

気持ちを言葉にするのは、ひどく恥ずかしい。

ここまでの言葉はまだ、クリストファーに直接伝えられそうもない。代わりに猫公爵に言っておけば、少しは伝わるだろうか。

特に「好き」と言うのが照れくさくて、シャーロットはわたわたしながら、猫公爵を抱きしめた。

猫公爵を両腕の中に収め、その匂いを嗅ぐ。そうすると、少しだけ落ち着いた。生き物の持つしっとりとした重さや体温、息をしている感じが好きだ。

耳元で、猫公爵は「にゃー」と鳴いた。

その返事の意味が知りたくて、シャーロットは腕を緩め、猫公爵の顔をのぞきこんだ。もっと話しかけようとしたとき、中庭の木々の向こうから誰かがやってくるのに気づいた。

――あら？

ここで庭師や掃除のための使用人以外の人と出会ったことは、一度もなかった。だが、近づいてくる人は、庭師ではないようだ。

――だって、着ているの、……寝間着だもの。

まずは、そのことに驚いた。

人々は服の下に、白い長いシャツを身につける。それは下着代わりであり、寝間着としても使われるものだ。

その白い長いシャツの上に、普通なら仕事や職業に合わせて、決まった衣装をつける。貴族なら豪華な礼服。使用人なら、お仕着せ。女性なら、身分を示すドレスだ。

だから、服を見れば相手がどんな身分の者なのか、どんな仕事をしているのか、一目でわかるはずだ。

だが、その人物――ぼさぼさの白髪を肩まで長く伸ばした老人は、自分の服装に全く無頓着なようだ。足首近くある白い長いシャツに革の古いサンダル履きのまま、躊躇《ちゅうちょ》することなく、シャーロットに近づいてくる。

その視線はシャーロットではなく、膝にいる猫公爵に向けられていた。彼は芝生に座っていたシャーロットから三歩ほど離れたところで立ち止まり、その奇矯な姿に似合わず、礼儀正しく身を屈めて話しかけてきた。

「お嬢さん。その猫を、抱かせてくれないかね」

その言葉に、シャーロットはぎょっとした。

この猫はただの猫ではない。猫公爵だ。国王陛下のご寵愛を受けている身分の高い猫であり、シャーロットはカーク公爵の信認を得た猫公爵のお世話係だ。そう簡単に、ほいほいと抱かせてしまうわけにはいかない。

シャーロットは、ひしし、と猫公爵を抱きしめた。

「あなたは、どなたですか」

老人はシャーロットの質問に答えようとはせずに、逆に聞き返してきた。

「おぬしは、……猫公爵のお世話係か?」

「そうです。猫公爵のお世話係です。あやしい人から、猫公爵をお守りする役目です」

猫公爵を抱きしめたまま、何があっても守るという体勢を取る。身体は痛かったが、そんなことは気にならずにじりじりと足の位置をずらし、すぐに立ち上がれる格好になる。いざとなったら、猫公爵を抱いて思いっきり走って逃げるつもりだった。

「あやしい人、か」

老人はその言葉に、ひどく楽しそうに笑った。

足腰が弱っているのか、シャーロットの座る芝生から少し離れたベンチにどっかりと座った。距離を取られたことで、シャーロットは少しホッとする。猫公爵を、無理やり抱こうとはしていないらしい。

屈託なく笑っている姿に、シャーロットはもしかしたらこの人は、そんなに悪い人ではないのかもしれない、と思い直した。だが、油断は禁物だ。

座ったために、少し上がったシャツの裾から、老人の肉がそげ落ちたふくらはぎが見えた。今日は暖かいから、シャツ一枚でも風邪を引くことはないだろう。だが、あまりの軽装が気になった。

この中庭で使用人以外と会うことがないのは、警備の兵に厳重に守られているからだ。宮殿はいくつかの区画に分けられていて、身分によって立ち入れる範囲が違う。この中庭は、伯爵以上の身分でないと入れない。

なのに、こんな格好でふらふら歩いていてもとがめられずにいたなんて、奇跡としか思えなかった。たまたま警備の兵の目につかないルートを選んでいたのか、警備の兵の交替のタイミングだったのか、どちらかだろう。

だからこそ、警告せずにはいられない。

「こんな格好でうろうろしていたら、捕まって罰を受けるわ。せめてもう少し、服装を整えておかないと」

「ああ。そうか、そうだな、嬢ちゃん。ありがとう」

老人はハッとしたように、自分が着ていたものを見直す。今まではまるで気にせずにいたらしい。

それから、その目を優しくシャーロットに向けた。視線は、また猫公爵に落ちる。

猫公爵のことを、とても愛しそうに見つめていた。だが、何かが気になるのか、その目は猫公爵から少しも離れない。

そんなふうに見つめられると、シャーロットのほうも気になった。

「あの、……何か？」

「ああ、そうじゃな」

小さくうなずきはしたものの、老人は答えようとしない。そんな姿を見ていると、シャーロットはだんだんと老人が気の毒に思えてきた。

彼が猫好きなのは、その表情や全身の動きを見ていればわかる。そんな老人に、猫を撫でさせてあげないなんて、自分がとてもひどい人間に思えた。老人は敬われるものだし、シャーロットは両親から、常に自分より年上の人間には敬愛を持って接するように、と教えられてきた。

——だけど、……この子は猫公爵なのよ。

そこらの猫ではない。何かあったら、クリストファーも巻きこむ大問題にもなる。それでも、無言での老人の注視が続くと、シャーロットは耐えられなくなってきた。

自分は猫公爵のお世話係だ。猫公爵が危険な目に遭わないようにお守りするのが役目だ。だけど、先ほどから猫公爵のほうも何かが気になるのか、老人のほうにすり寄ろうとしている。しっかり手に力をこめて引き止めていないと、猫公爵を逃がしそうになるほどだ。

それがずっと続くと、シャーロットは耐えられなくなってきた。

猫公爵の意志も、尊重しなければならないような気がしたからだ。

「撫でて、……みます?」

シャーロット以外には懐かないはずだった猫公爵が、こんなふうに人に興味を示したのは初めてだった。庭師が来ても侍女が世話をしても完璧に無視を決めこみ、隠れて決して近づかない猫公爵なのに、老人のほうに行きたがって、ニャンニャンと訴えかけるように鳴き始めている。

——悪い人ではなさそうだわ。

こういうときのシャーロットの勘はあたる。今まで外れたことがなかった。悪意には敏感で、良くない相手はすぐにわかる。

今日もそうであって欲しいと、シャーロットは強く願った。

「いいのか？」

老人は目を輝かせた。

そんな表情の変化を、シャーロットはじっと見ていた。少しでもずるいような表情を浮かべたり、何か企《たくら》んでいるような顔を見せたら、即座に断るつもりでいた。

だが、老人は許可が取れるまで、猫公爵に触れることはないようだ。

あまりにも嬉しそうな笑顔に、シャーロットまでつられてにっこりしてしまった。

「いいわ。だって、この子もあなたになら、撫でられたいみたいだもの」

抑えていた手の力を緩めた途端、猫公爵はシャーロットの膝から素早く飛び降りて、軽快な動きで老人の膝に飛び乗った。

そんな猫公爵を、老人は両手でそっと抱きとめて、嬉しそうに撫でる。

その表情はいかにも猫好きのもので、邪気が感じられなかった。だが、猫公爵を撫でながらも、老人の手は何かを確かめているように思えた。

猫公爵の毛並みや、骨格。その肉のつき具合まで。

だから、シャーロットは尋ねずにはいられない。

「あなた、猫のお医者さま？」

だとしたら、この中庭まで兵にとがめられずにきたのが納得できる。

老人は驚いたように眉を上げ、すぐに否定した。

「いいや」

だが、その手つきは変わらない。

何らかの理由で、猫の医者であることを隠しているのかと思って、シャーロットは重ねて聞いてみた。

「猫公爵の具合は、どう？　元気そう？」

老人は笑って、猫公爵の毛並みをわしゃわしゃと撫でた。

「大丈夫じゃ。わしよりも、ずっと長生きしそうじゃな」

どうやら、医者ではなさそうだ。だとしたら、やはり庭師だろうか。長年、この中庭に関わってきた功労があるのならば、兵たちもこの老庭師のことを知っているだろう。だから、このような格好で出歩いていても、とがめられずにいるのかもしれない。

――そうね、やっぱり庭師ね！

庭を散歩している最中に、猫公爵と出会って撫でることもあったのかもしれない。

――だけど、あの肉づきを確かめるような手つきは……？

そのあたりはわからなかったが、正体がおぼろげにでも推測できるとホッとした。そもそも得体の知れない人間が、警備の厳重なこの中庭に現れるはずがないのだ。

それでも、シャーロットが迂闊に猫公爵に触らせてしまったばっかりに、老人が他のときにも猫公爵に触れて、おとがめを受けることがないように注意しておくことにした。

「これは大切な猫だから、本当は他の人に抱かせてはいけないのよ」

「そうか。なのに、嬢ちゃんはわしに抱かせてくれた。どうしてじゃ？」

老人の口調や言葉のは、どこかどしりとした深みがあった。なのに、暖かい。とがめられている気がしない。

シャーロットは猫公爵からいっときも視線を外すことなく、答えた。

「あなたが悪い人には見えなかったからよ。それに、猫公爵も、あなたのことが好きみたいだわ。猫公爵の気持ちも尊重しないと」

「そうか。好きでいてくれるか」

老人はつぶやいて、猫公爵を愛しげに撫でた。猫を膝に乗せているとき、猫好きな人はとろけるような幸せを感じるから、魂を抜かれたような表情になる。老人はまさにそんな顔だ。

――猫には、不思議な力があるのよね。

猫好きな人間に、悪い人はいない。そんなふうにシャーロットは思えた。動物を愛《め》でているときの幸福感は、何にも勝る。特に猫は格別だ。

「可愛いでしょ。その子はふわふわで、お日様の匂いがするのよ。好きなのは木登りで、あの枝のてっぺんまであっという間に登るの」

老人を相手に、いろいろと猫公爵の話をする。

老人は嬉しそうにうなずきながら聞いてくれた。猫公爵はその老人の膝で居眠りを始めたから、目覚めるまで預けておくことにする。

猫公爵の話が一段落つくと、ふと思い出したように老人が言ってきた。

「そういや、嬢ちゃん。……誰かが大好きだって、言っておらんかったか?」

「え?」

何のことだろうとしばし考えた後で、シャーロットは一気に赤くなった。

先ほど猫公爵を膝に乗せながら、その化身であるクリストファーのことを思い出して、大好きだと告白していた。独り言のつもりだったが、老人にまで聞こえていたのだろうか。

不意に、いたたまれなくなった。ぽぽぽぽぽ、と顔が赤くなっていく。

「あれは、ね。何でもないのよ」

だけど、今はクリストファーのことが大好きだと世界に叫びたいような気持ちでいっぱいだった。

初めての体験をしたことで世界が変わったように感じられ、その大好きな彼が自分との結婚まで考えてくれたのだ。天にも昇りそうな気持ちでいっぱいだった。

少しでも吐き出さないと、爆発してしまう。

この人生経験豊富そうな老人にとっては、自分の恋心などおそらく、すでに通り過ぎてきた懐かしい感情でしかないはずだ。

そう思うと、この爆発しそうな気持ちを、少し吐き出したくなった。名前も身分も知らない相手だけに、気楽な気分になれた。

「黙っていてくださる？」

「ああ」

老人はうなずいた。

シャーロットはまぶたに、クリストファーの面影を思い描いた。それだけで、胸がジンと痺れて笑顔になる。表情が、自分でも夢見るようなものになっていくのが自覚できる。

「大好きな人がいるの……！」

人生絶好調だ。

これ以上幸せなことはない。

おおお、と老人は感動するような声を漏らした。


「でね。おじいさんと中庭で会ったのよ」

シャーロットは、クリストファーが帰ってくるなり、老人の話をした。

クリストファーは猫公爵の姿のときに老人と会っていて、その膝に懐いていたのだが、猫のときの記憶がないと言っていたからだ。

あの不思議な雰囲気に巻きこまれて猫公爵を膝に抱かせてしまったものの、後々になって考えてみれば、自分は軽率なことをしてしまったのではないかと心配になった。だから、自分がしたことは間違いではなかったか、確認したかった。

だが、クリストファーはその老人の風体などを詳しく聞き出した後で、深々とうなずいた。

「その老人のことは、心配ない。身分の保証はするから、今後もその老人に望まれたときには猫公爵を抱かせてやってくれ」

「やっぱり、庭師なの?」

「城のことをよく知られたご老人だ。猫公爵のことも、とても可愛がっておられた。……特に変わった様子はなかったか?」

「猫公爵のことを、まじまじと眺めていたわ。それに、とても猫公爵のことを触ったの。もふもふしているというより、なんだか肉づきを確かめているような、不思議な手つきだったわ。だから、最初は医者だと思ったんだけど」

「肉づきを、か」

その答えに、クリストファーはしばし考えこむ。その憂わしげな横顔に、シャーロットは心配になった。

「今後も、猫公爵と遊んでもらっても、大丈夫なのよね？」

「もちろん。十分に猫公爵と触れ合っていただいてくれ。あと、……そうだな。その老人が来たときには、どんなふうに遊んだのか、どんなことを話したのか、後で教えて欲しい」

「何か、話しちゃいけないことがあるの？」

「そうじゃない。何を話しても問題はない。だけど、……ちょっと気になることがあるので、何を話したかだけ、後になって教えてくれれば」

どうしてこんなことを言われるのかわからない。シャーロットは首を傾げたが、それでも老人と猫公爵を遊ばせても大丈夫だと確認できて、安心した。

そんなシャーロットに、クリストファーは視線を戻して、甘く誘いかける。

今日はクリストファーの帰りは早かったから、外はまだ明るい。窓の外に、彼は視線を向けた。

「ところで、……今夜、これから君と出かけたいんだ。行き先は、シュタイナー侯爵家。舞踏会がある。ドレスも仕上がったようだし、そのお披露目《ひろめ》を兼ねて一緒に出かけよう。そこは料理人も凄腕《すごうで》で、軽食もとても美味しい」

「行くわ！」

即答だった。

「舞踏会用のドレスができあがったの？」

「ああ。着てみてくれ。問題がなかったら、それで出かけよう」

ドレスを着るのはワクワクするし、軽食も美味しいのならば文句のつけようがない。

クリストファーは別室にシャーロットを案内した。

そこには、桜色と白を基調にした愛らしくも豪華なドレスが、トルソーに着せかけられていた。見た途端、シャーロットの目は輝いた。

「素敵ね！」

幾重にも重なった総レースで作られた、豪奢な作りだ。レースには小花が一つ一つ縫いつけられ、レース全体で大きなお花の模様が腰のあたりに作り出されている。

胸元にもふんだんに宝石とリボンがあしらわれており、あまりの可憐《かれん》さにシャーロットはうっとりした。

こんなにも手が込んでいて、最新のデザインのドレスを、自分が着られるとは思わなかった。

社交界デビューはしたものの、舞踏会に着ていくドレスさえなかったのだ。

ドレスのふんわりとした裾の膨らみも理想的なことに気づいて、さらに気分が高揚する。

贅沢は好きではないのだと、ずっと自分に言い聞かせてきた。両親に清貧を強要されたことはなく、自分たちよりも領民を優先させる両親を尊敬していた。領地が豊かではないのだから、自分も贅沢はできない。

だけど、ひたすら憧れていたドレスの現物を目の前に突きつけられると、喜びのあまりじわっと涙がにじむ。本当は素敵なドレスが欲しかった。笑いものにされることなく、舞踏会で堂々と振るまいたかった。

望みをこんなふうにかなえられると、嬉しさのあまり胸が苦しくなるのだと知った。

「豪華なドレスなんて欲しくないのって、ずっと父さまや母さまに言ってきたの。誰かのお下がりでいいんだって。だけど、舞踏会のドレスには流行があって、母さまのお古は着ていけないのよ。だから、どうしたらいいのか、わからなかったの。家のために、誰かお金持ちの結婚相手を見つけなければいけないのに、……好きじゃない人と結婚するのも、本当は嫌だったの」

舞踏会は夢のように楽しい場所ではないのだと、社交界デビューの前に知っていた。もっと現実的な、身の丈に合う結婚相手を、血眼で探す狩りの場なのだ。それでも、素敵なドレスを前にすると、自分がどれだけ舞踏会に憧れていたのか、苦しいほどに思い知らされる。

夢をかなえてくれたクリストファーに対する感謝の気持ちが湧きあがる。それでも、自分が贅沢するよりも、領民の生活の安定のほうを願っていたい。こんな贅沢をしても、大丈夫だろうか。

クリストファーは柔らかく微笑んだ。

「そう。気にいってくれて良かった。女の子は、こういうのが好きだからね。では、準備を」

言い残して、クリストファーが部屋を出ていく。

代わりに入ってきたのは、二人の侍女だ。シャーロットを美しく装わせようと、手ぐすね引いていた。


舞踏会が開かれる侯爵家のお屋敷は、カーク邸と並ぶぐらい大きくて豪奢な建物だった。

舞踏会が行われる大広間につながる大階段を、シャーロットはクリストファーにエスコートされて上がっていく。

背中には誇らしくなびくヴァトー・プリーツ。ドレスと同じ布で作られたマントのようなそれが、ドレスの豪華さをさらに派手に演出してくれている。

大広間には、大勢の招待客がすでに入場していた。

クリストファー・カーク公爵の名が呼ばれた瞬間、わぁああと広間中がざわめいたような気がする。だが、一緒にシャーロットの名も呼び上げられ、クリストファーにエスコートされて広間に踏みこんだ瞬間、自分に浴びせかけられた眼差しの圧力に、思わず立ちすくみそうになった。

「すごく、注目されているわ」

シャーロットはクリストファーにささやく。彼は軽く肩をすくめただけだった。

「僕が他国の来賓以外を連れて、舞踏会に出るなんて久しくなかったからね」

「じゃあ、今日は特別なの？」

「ああ」

社交界デビューしたばかりのシャーロットは、あまり知られてはいないはずだ。そんなシャーロットが、クリストファーのエスコート付きで現れたのだから、あれは誰だと詮索するようなささやき声まで聞こえてくる。

しかも、クリストファーのシャーロットに対する扱いは、婚約者を扱うような丁寧なものだった。

広間の途中まで進み出ると、クリストファーはシャーロットを見つめて、指先に熱くキスをした。

その仕草に、周囲にさらにどよめきが広がる。近くで、卒倒した令嬢もいたようだ。シャーロットは思わせぶりな仕草に呆《あき》れた。ちょっと引いた眼差しを注いでみる。

「私を利用してるでしょ」

「利用？　どんな？　人聞きが悪いね」

「こうして見せつけておいて、今後の余計なダンスの誘いの数を減らそうとしているとか」

「君はたまに、とても鋭いね」

くすくすと、クリストファーが笑った。

そんな中で、おもむろに楽団がダンスの音楽を奏で始める。今日は舞踏会の最初から、出席できたらしい。

クリストファーはそのまま楽しそうに、シャーロットをダンスに誘った。ダンスが目的だったから、シャーロットに否はない。

やっぱりクリストファーと踊るのは最高だ。彼にリードされていると、身体が本当に軽いし、新しくあつらえたばかりのドレスも、ダンス用に作られたのかと思うほどに大きく膨らんで、動きやすい。

だが、三曲以上同じ人と踊るのはマナー違反だという意識があった。離したくないと思いながらも、三曲目が終わりに近づいてきたときに聞いてみた。

「今日、あなたと踊りたいって令嬢はいっぱいいると思うんだけど。そろそろ替わる?」

数日前に漏れ聞いた、令嬢たちのささやき話を思い出す。

クリストファーと踊りたいがために、この舞踏会の招待状を入手した令嬢もいるはずだ。

だが、クリストファーは空いている窓際に上手にシャーロットを誘導しながら、すまし顔で答えた。

「今日は、君と踊るために来たんだけど」

「いいの?」

「君が踊りたいだけ、つきあうけど」

そう言って、クリストファーは微笑んだ。その印象的なきらめく瞳で見つめられると、マナーなど気にせずに、ずっと彼と踊っていたくなる。

その腕の中だと安心できるし、最高に楽しい。ふんわりとしたドレスの裾が心地よく広がって、まるで蝶《ちょう》にでもなったみたいだ。

四曲目に入ったときに、踊りながらクリストファーが言ってきた。

「すごく、……見られているね」

「にらまれているわ。みんなの憧れのカーク公爵を、独占してるから」

だけど、素敵なドレスをまとい、舞踏会に出席できたのが嬉しくて、ずっと気持ちがふわふわしている。腰に回された手の感触も気持ちよくて、このままずっと踊っていたい。

こんなにも、最高な夜があるだろうか。

クリストファーがいたずらっぽくささやいた。

「君は僕のものって、そのことをここでみんなに見せつけておいたほうが、今後、余計な面倒は起こらない」

「余計な面倒って？　むしろ面倒なのは、あなたが人気すぎることのほうじゃないの？」

面食らって尋ね返すと、クリストファーはくすくすと笑った。

「君の身の安全のためだ。我が国では、女性が恋愛ゲームに交じるのは、結婚してからだって言われてる。その意味がわかる？」

「結婚してから？　結婚する前じゃないの？」

「そうじゃないよ。結婚してから」

「ええと」

シャーロットはしばらく考えた。くるり、と回った後で、ふとひらめく。

「……つまり、浮気前提の恋愛ゲームってこと？」

口にした途端、あまりの背徳感に仰天した。

シャーロットは社交界に全く馴染むことはできていない。デビューはしたものの、ずっとカーク邸にいたし、両親も財政難だからあまり社交界の催《もよお》しごとに参加できない。

だから、社交界の悪《あ》しき風潮などは全く知らないできたのだが、そんなにもただれた社会なのだろうか。

よっぽどぎょっとした顔をしていたのか、クリストファーが苦笑した。

「うちには、そんな悪しき伝統がある。ろくでもないって思っているけど」

もしかして、クリストファーがそんなことを言い出したのは、自分が彼のものだと見せつけることで、下手に誰かに手を出されることを牽制《けんせい》しているからなのだろうか。

――クリストファーって、さりげにヤキモチ焼き？

そんなふうに思うが、まだ結婚の約束もしていない関係だ。おままごとの延長のような気分が消えない。

ちょうど会場の隅のほうに移動している最中だったので、クリストファーはそのまま数歩、シャーロットの身体を押した。

踊るのが中断されて、背中がトン、と壁につく。いったい何かと、シャーロットは驚いてクリストファーを見上げた。

クリストファーが、そのままシャーロットを壁に縫い止めるように肩に手を回した。

「笑いごとじゃない。それだけ危険がつきまとうから、注意して欲しいって話。君に大人の常識を教えていくのは、君を清らかな世界から世俗に引きこむようで、嫌になるけど」

クリストファーのささやきはシャーロット以外には聞こえなかったはずだが、壁際でここまで密着していた二人は、さりげに場の注目を浴びているようだ。

その感じにいたたまれなさを覚えながらも、シャーロットはすぐそばにあったクリストファーの唇に直接吹きこむようにして答えた。

「世俗など、よく知っているはずよ？」

屋敷の奥で大切に育てられる箱入りの令嬢とは違い、シャーロットは領地でのびのびと育てられた。手が足りないときには農作物の収穫の手伝いをしたし、天災があったときにはその復旧にかり出された。大勢の人々に混じって、炊き出しの手伝いをしたこともある。

そのときに、大勢の領民と接しているのだ。

「君の知ってる世俗とは、たぶん違う」

低めたクリストファーの言葉が耳から流れこみ、ぞくっと身体の芯が痺れた。

そのおかげで、たぶんこれは性的な話題だと勘づいた。

シャーロットが恋をしたのは、クリストファーが初めてだ。だから、恋にどれだけ暗い側面があるのか知らない。ただふわふわとした幸福感しか味わってなかったから、こんなふうにささやかれると怖くなる。

「みんなが、……見てるわ」

彼の身体に遮られて、他の人々の姿は見えない。だけど、クリストファーの身体の向こうに、大勢の人の気配があった。

聞こえてくるざわつきから、自分たちが引き続き注目されているのがわかる。息ができなくなるぐらいの、心理的な圧迫感を覚えた。

「見せつけてやってるんだ」

いつにないクリストファーの言葉に、なんだか怖くなった。

何も考えられないまま、シャーロットはクリストファーの肩を押し返し、その拘束から逃れた。ドレスの端をつかんで人々の間を縫い、ベランダを伝って庭へと出る。

外の空気を吸った途端、そのまま走りたくなって、庭の木々の間へと飛び出した。

だけど、ドレスではあまり遠くまで走れない。かさばって重いし、コルセットで締めつけら

れるから息も吸いにくい。踊るときとは動きが違う。素敵なドレスの裾を汚したくもなかった。

シャーロットは噴水のあたりで立ち止まって、あえぎながら息を整えようとした。

ここの庭は宮殿のものよりもずっと狭いが、それでも綺麗に手入れがされていた。灯火が庭のあちらこちらに焚かれているから、舞踏会の最中に散策もできる。

だが、この奥まで進んだら、薄暗くて怖そうだ。薄暗い庭の奥を眺めていると、誰かの足音が近づいてきた。振り返ると、クリストファーだ。

「ごめんね。嫌な話をした」

シャーロットは軽く首を振って、噴水の大理石の縁にそっと腰を下ろした。ふんわりと、ドレスの裾が嵩《かさ》高く膝の上に積み重なる。

「いいのよ」

たぶん、自分も知っておいたほうがいい。ただ大好きだというだけで突っ走れない恋というものの、暗い側面を。

月の綺麗な夜だった。庭の木々の葉が、その光を浴びて銀色の輪郭をくっきりと浮きだたせる。屋敷のほうからも光が漏れてくるから、このあたりにいれば薄暗さは感じない。

クリストファーはシャーロットの横に立った。

「疲れた？」

「わからないわ」

ずっと興奮しているから、疲れているのか、そうでないのか判別できない。ずっと身体も心も張り詰めて、自分が自分ではなくなったような気がしている。

先ほどはクリストファーも知らない人になったような気がしたが、今はよく知っているクリストファーに思える。彼と楽しく踊った余韻が、身体中に残っていた。

「楽しかったわ」

クリストファーが先ほどのことを気にしないように、シャーロットのほうからにっこり笑って言ってみた。

「それは良かった。さっきは、ごめん」

クリストファーがためらいがちに、うつむいた。

「ごめんね。自分でも、こんな気持ちは初めてで、戸惑ってる。君が僕のものだって、大勢に知らせておきたくなった」

そんな言葉に、シャーロットはキュンとした。

クリストファーは自分よりもずっと年上で、恋の経験もたくさん積んだ大人の男だと思っていた。そんなクリストファーが、自分相手に感情を持てあますなんてあるのだろうか。

「初めてなの？」

「ああ。おかしいかな。君よりもずっと年上なのに、まともに恋もしてこなかったような気がするよ。誰かを、こんなに大切に思うなんて、初めてのような気がして」

「そういうのには、すごく長《た》けているんだと思っていたわ」

「僕も、わりとそういうのは器用なほうだと思ってた。だけど、自分で思っていたよりも、不器用みたいだ。君を怯えさせることまでした」

「いいのよ」

シャーロットは噴水の縁に腰掛けたまま、足をぶらぶらと揺らす。途中でその仕草をクリストファーに見られているのに気づいて、子供っぽいと言われそうで足を止めた。

クリストファーはふっと空を見上げた。月光に、その顔が美しく照らし出される。

「たとえば、……子供とか、動物を相手にするときには、身につけた社交術は通じないだろ。自分の生身の感情でぶつからないと、相手に通用しない感じがあると思わない？」

その感情は理解できたので、シャーロットはうなずいた。

大人が相手なら、言葉や態度で察してくれる部分がある。だが、子供や動物には、剥き出しの感情で真剣にぶつかっていかないと立ち向かえない。

「君を相手に恋をするのは、そんな感じ」

言われて、シャーロットは戸惑いながら首を傾げた。

「私が子供だってこと？」

足をぶらぶらさせているのを見られたばかりだから、大人だと主張できない。それでも、子供扱いされたくない。これは恋の話なのだ。

「そうじゃなくて。……恋っていうのは、そんなふうに自分の感情を、日々剥き出しにしていかないと、通用しないいんだって実感してるところ。君の前では、何も隠せそうもない」

クリストファーの思いが伝わってくる。

彼とは出会いからして特別だった。猫公爵の化身として出会った。

彼は本当に麗しくて、こんな月夜には一段とその陰影が際立ち、見とれるしかない。

今の言葉と、舞踏会の最中のクリストファーの振るまいを考えたら、何でも許してあげたい気持ちになれた。

――だって、クリストファーがあんなふうに、私を扱うなんて思わなかったもの。

少女の誰しもが夢見るように、クリストファーはシャーロットを扱った。宝物のようにエスコートし、他の貴族の子息がシャーロットに一切ダンスを申しこめないようにシャットアウトしながら、熱い目でずっと見つめてきた。

クリストファーの素敵さに慣れているシャーロットでさえ、ドギマギするほど完璧なエスコートだった。

そんなクリストファーの態度は、二人きりになっても変わらない。

クリストファーは立ち上がり、そっとシャーロットの前で屈みこむと、顔を近づけてきた。

「……っ」

キスの甘い感触に、シャーロットは自然と目を閉じた。彼と結ばれたときのことを思い出す。

唇からクリストファーの熱が伝わる。身体のもっと芯のほうで彼の熱を感じ取ったときのことを思い出して、身体がうずうずしてくる。

唇を離したクリストファーに、シャーロットは尋ねてみた。

「どうしても気になることがあるんだけど。……猫公爵と私との間に子供が生まれた場合、それは人の子なの？　それとも、猫の子？」

それが気になってたまらない。

クリストファーの金色の目が、薄闇の中で光を弾くように楽しげに輝いた。

「どっちだろう。試してみないと、どうとも言えないな」

潜めた声なのは、秘密の話だからだろうか。シャーロットも自然と声を潜めた。

「生まれたのが人に化身する猫の種族だったら、どう育てたらいいのか、心配だわ」

「そうだね」

「それに、……猫だったら、いっぱい生まれるじゃない。私のお腹、大丈夫かしら」

乳母の家の猫に、いっぱい子猫が生まれたことがあった。聞いたら、猫はたくさん子供を生むのだそうだ。

その想像に怖くなっていたのだったが、クリストファーはくすくすと笑った。

「大丈夫。僕には同時に生まれた兄弟はいない。大勢、身ごもることはないと思うよ」

「そうなの？」

「僕の種族のことについては、いずれじっくりと教えてあげる。だけど、今は君のことをもっと聞かせて欲しい」

クリストファーはシャーロットの正面に立ったまま、そっと手を握った。

「好きなことや、嫌いなこと。——最近、楽しかったこと。悲しかったこと。何でもいい。君の声を聞いていたい」

「最近の話なんて、猫公爵のことしかないわ。それと、あなたのことよ。あなたのことを聞きたい？」

「是非」

「寝顔がとても、素敵だったの」

クリストファーの楽しそうな声にそそのかされて、シャーロットはいろいろと話す。

こんなふうに月夜の夜に、最高のおめかしをして、好きな人と二人きりで話をしているなんて夢みたいだ。

踊って汗ばんだ肌が、気持ちのいい風に吹かれてだんだんと乾いていった。


中庭で猫公爵と遊んでいるとき、たまにシャーロットはその姿を見失うことがある。ここには、茂みも木々もふんだんにあるからだ。

「猫公爵さま……！　どこにいらっしゃるの……！」

シャーロットは猫公爵を探して、茂みの後ろを次々と確認していく。

おそらく、中庭のどこかにいるはずだ。

そう思って気楽な気分で茂みから茂みをのぞきこんでいったとき、動くものの気配をシャーロットは感じ取った。

「そこね！」

素早く振り返って、木々の向こうに回りこむ。勢いあまってつんのめりそうになったのは、そこに猫公爵ではなく、身なりのいい黒髪の少年がいたからだ。

「あ……」

初めて見る少年だった。レースをふんだんに使ったシャツの衿と裾を濃紺の長衣からのぞかせ、身分の高い貴族の子息だと一目でわかる服装をしている。手には本を抱えていた。中庭で、のんびり読書でもしようとやってきたのだろうか。

せっかくの整った顔立ちなのだが、その表情には険がある。目が合った途端に、きつい声で怒鳴られた。

「おまえは誰だ！」

「ええと」

それよりも、おまえは誰なんだと言いたい。年上に対する態度ではない。そんなふうに怒鳴る前に、自分が先に名乗るのが礼儀ではないのか。

だが、この中庭には伯爵位以上しか入れない。少年がここにいるということは、伯爵以上の貴族の子息ということになるのだろうか。

そんなことをぐるぐると考えている間に、また少年のかんしゃくが爆発した。

「この中庭は、おまえのような下賤《げせん》の者が入れるところではないのだけどな！」

あからさまにさげすまれた目を向けられて、シャーロットはむっとした。

幾度となくこの中庭には出入りしてきたが、猫公爵と一緒だということもあってか、こんなふうに糾弾されたことはない。

今のシャーロットはカーク公爵家で仕立ててもらった素敵な猫公爵お世話用ドレスを身につけていることもあって、あやしい風体ではないと思うのだ。

――もう、子供って！　容赦がないから……！

少年は十歳ぐらいだろうか。なのに、ここまで可愛げがないのは珍しい。

「私は、猫公爵のお世話係よ」

腰に手をあてて言い放つと、少年はふうん、とうなずいた。

「で、お世話係。おまえの身分は？」

「お父さまは、男爵なの」

その言葉に、少年はフンと鼻であざ笑った。

「父が男爵であったとしても、おまえが男爵位を持つわけではない。だが、この際、身分は親と同等だと考えてやってもいい。だとしても、ここに入れる身分ではないよな？　で？　お世話をしている猫公爵はどこにいるんだ？」

少年はぐるりと周囲を見回す。意地悪されているのを、その口調から感じ取った。何でもいいから言いがかりをつけて、自分をここから追い出したいのだろうか。

――だけど、そうはいかないわ。

ここは猫公爵の遊ぶ場所だし、毎日ここに来なければならない任務がある。

いつか体調を崩しているという国王陛下が、ここを散歩される日が来るかもしれないのだ。

そんなとき、ここに猫公爵がいなかったら、さぞかしガッカリされることだろう。

それを思うと、ちょっと嫌なことを言われたぐらいで、おとなしく引っこむわけにはいかなかった。

そう思って、シャーロットは腰に当てた手にぐっと力をこめて少年を睥睨《へいげい》した。自分のほうが背が高いし、まだ力も強いだろう。年上を甘く見ないでもらいたい。

「猫公爵は、今、ここで遊んでおられるわ。どこにいらっしゃるか、探していたところなの。で、偉そうに言うあなたは、どこの誰なの？　伯爵位以上ではあるんでしょうね。親が伯爵位以上であっても、あなたが伯爵位を持つわけではないでしょうけど」

言ってやったつもりだった。

これで少年は、ぐうの音も出ないはずだ。

だが、少年はさきほどよりもさらに冷ややかな視線をシャーロットに注いだ。

「僕は、オリバー。おじいさまは、ここの王様。王子だから、伯爵位以上であることは、間違いないと思うけど」

――え？　これが、オリバー王子……！

まさか、目の前の少年がそんな存在だとは思わなくて、シャーロットは目を剥いた。首筋の毛が逆立つ。

「ひえっ」

王やその直系には、許可されない限り、視線すら向けてはならないというのが宮廷での作法だ。すぐさまここで膝を折ってお辞儀をするか、平伏しなければならない。

だが、固まって動けないでいる間に、オリバーが言った。

「いい。無礼な態度が気にいった。顔を上げとけ。猫公爵のお世話係なら、今後も特別にこの中庭に出入りするのを、許してやってもいい」

「……ありがとうございます」

いきなりオリバー王子を前にして、シャーロットはどう接していいのかわからなくなかった。

棒立ちになったシャーロットを冷ややかな目で見ながら、オリバー王子は視線をぐるりと中庭に巡らせた。

「ところで。——ここのところ、猫公爵の挙動が不審だと思っている。そうだな、ここ数ヶ月だ。お世話係、そのあたりについて、何か心当たりはないか」

「ないです」

シャーロットにはそうとしか答えられない。

自分が猫公爵のお世話係を初めて、たかだか一ヶ月だ。以前とは比べようもない。

だが、オリバー王子はその返事に納得することなく、言葉を重ねてきた。

「猫公爵は十年も前から陛下と一緒にいるそうだから、猫としてはかなりの高齢だ。以前はこの中庭で、のんびり日向ぼっこをしている姿ばかり目にしていた。だけど、とある時点からめちゃめちゃ動き回るし、木にも登るようになった。動きが全く違う」

「あら。あなた、猫好きなの？」

思わず口走った途端、オリバー王子にじろっとにらまれた。シャーロットは肩をすくめて、言い直した。

「猫、お好きなんですか？」

口調が丁寧になっただけで、訊きたい気持ちは変わらない。

険のある顔つきと、嫌みのある口調が大問題だが、猫公爵のことを話題にされたことで、シャーロットは一気に親近感を覚えた。

猫好きな人間に、悪い人はいない。そんな思いがあったのだが、オリバー王子はますます厳しい表情をして、腕を組んだ。

「猫が好きかどうかは、この際、関係がない。たまにこの中庭で、猫公爵を目にしていただけだ。猫公爵はこのところ、別の猫になったようだ。その疑問を問いただしているところなのだが、おまえにはそう見えないのか？」

十歳だというのに、頭がいいのか、それともそんなふうな物言いをするようにしつけられているのか、オリバーは大人のようなしゃべり方をする。

「別の猫？　そんなこと、あるはずがないわ」

シャーロットは笑って言い返した。

十年前から飼われていたのだとしたら、普通の猫だったらかなりの老猫ということになる。猫の寿命は乳母の家の猫を見ていればわかる。だけど、猫公爵の正体はクリストファーだから、特別なのだ。

年の取り方も普通の猫とは違うのかもしれない。

だが、クリストファーのことは秘密だった。猫公爵の正体が彼だと、見抜かれてはならない。

「そうかな。最近、猫公爵の様子は、何かおかしくないか？」

シャーロットは猫公爵のお世話係になって、日が浅い。そのことにオリバー王子は気がついていないようだ。

「おかしいって、どこかですか?」

「だから、やたらと元気だし、仕草がやっぱり別の猫みたいだったり」

――仕草がやっぱり別の猫?

動きが前の猫と違うと思うぐらい、オリバーは猫公爵のことを注意して見ていたのだろうか。

――やっぱり、猫が好きなんだわ。

そう思うと、気持ちが楽になった。にっこりと笑って、言い放つ。

「違わないわ。猫公爵は猫公爵よ」

だが、何でオリバーがそんなにも猫公爵のことを気にかけているのか、不思議だった。些細《ささい》な違いが気になるぐらい、猫が大好きなのだろうか。

そう思うと、ニコニコしてしまう。

「猫公爵が見つかったら、一緒に遊ぶ?」

だが、そこまでの笑顔を向けられたことがないのか、オリバーはシャーロットを見て鼻白んだ顔を見せた。

「別に、遊びたいわけじゃない」

「そうなの?」

だったら、何が目的なのだろうか。だが、十歳ぐらいの子供は難しくて、心にもないことで意地を張ることがある。

特にオリバーは素直ではない性格に見えるだけに、その真意を見抜いてあげないといけない気持ちになった。

――強引にでも、遊ばせてあげようかしら。

そんなふうに考えていると、ふとオリバーが物音に振り返った。どこか過敏な仕草だ。そこに誰もいないのを確認してから、ようやく身体の力を抜いた。

「そういえば、お世話係。ここで人と会うことはないのか？」

「誰のこと？」

ここで、たまに人とは遭遇する。庭師や掃除の人がほとんどだが、たまに例の老人も相変わらずの軽装で現れる。

「その、――いや、いい」

ぎゅっとオリバーが拳を握った。

なんとなくシャーロットが気配に気づいて、ふと視線を向けると、そう遠くない茂みに猫公爵が来ていた。驚かせないようにそっと近づいて抱き上げ、たっぷり頬ずりをしてから、オリバーのほうを振り返る。

「抱く？」

オリバーなら身分がしっかりしているから、大丈夫だろう。

そう思ったのだが、すでにその姿は中庭から消えていた。

「オリバー殿下は国王陛下の直系の孫であり、旦那さまにとっては甥にあたります」

オリバーについて教えて、と家令に尋ねたら、そんなふうに説明された。

「ですが、どうしてオリバー殿下のことを？」

「お会いしたのよ、中庭で。猫公爵のことを気にしてらしたから、気になって。クリストファーとの仲はいいの？」

「オリバー殿下は王位継承権第一位であり、特に何もなければ、次の国王陛下となられる御方《おかた》です。旦那さまはその優秀な補佐役となるはずなのですが、昔からオリバー殿下は旦那様に心を許さず、何かと敵視なされているようなところがございまして――」

――敵視？

その言葉に、シャーロットはぎょっとした。

自分にかけてきた険のある言葉といい、確かに意地悪で、余裕がなさそうだ。

あのような性格では、周囲とあまりうまくいってないのでは、と思っていたのだが、案の定だ。

だが、話を聞いている最中に、クリストファーが部屋に入ってきた。彼は最近、屋敷に戻るなり、シャーロットの姿を探してやってくる。

「どうした？　オリバーのことが気になるのか？」

クリストファーは上着を脱いで家令に渡しながら、シャーロットが座るソファの横に腰を下ろした。腕を伸ばされ、親しげに引き寄せられる。

肩と腕がくっついた。こんなふうに、彼の存在を感じる瞬間が一番幸せだ。

その身体から漂ういい匂いを鼻孔いっぱいに吸いこみながら、シャーロットは言う。

「今日、中庭で、オリバー殿下にお会いしたのよ。伯爵以上はここに入っちゃダメだって、意地悪なことを言われたわ。そのとき、猫公爵のことについて、やけに聞かれたので気になって」

「猫公爵？　どんなことだ？」

密着しているからこそ、クリストファーが警戒に身体を硬くしたのが伝わってきた。彼がそんなふうになるのは珍しいことだったから、少し身体を離して顔をのぞきこんだ。

「最近、猫公爵がやけに元気で、別の猫みたいに見えるけど、おまえはそんなふうには感じないか、ですって」

「どう答えた？」

「そもそも私は、まだ一ヶ月しか猫公爵のお世話をしていないから、猫公爵が変わったも変わらないもわからないわ。だから、猫公爵は、猫公爵だって答えるしかなくて」

「そうだな。猫公爵は猫公爵だ。にしても、オリバー殿下は猫公爵が別の猫みたいだって疑っていたのか」

ちょっと憂鬱そうにつぶやいて、クリストファーはソファに深くもたれかかった。

シャーロットはオリバーとの会話を思い出して、言ってみた。

「猫公爵は十年も前から陛下に飼われているのに、元気すぎるって言われたわ。正体があなただって知らないから、普通の猫にしては長生きすぎるのを不思議に思っているんだわ」

家令はクリストファーの衣服を受け取って、二人の邪魔をしないように部屋から出ている。だから、そのあたりの内緒話もできた。だけど、少し声は控えめにしておく。

クリストファーは何かを考えこんでいるようだったが、無意識なのか、シャーロットの髪の匂いを嗅いできた。

最近、何かと身体の距離が近い。シャーロットのほうからクリストファーにくっついているのもあるし、クリストファーのほうからも抱き寄せてくれるせいもある。

その体温を直接感じるだけで、ドキドキした。家族以外の他人でも、こんなふうにくっつければ安堵感《あんどかん》も覚えられるなんて知らなかったから、なんだかくすぐったくて楽しい。

そんなシャーロットの背に腕を回しながら、ふとクリストファーが話題を変えた。

「猫公爵より、気になるのはオリバー殿下のことだな」

「どうかしたの？」

「オリバー殿下は孤独なんだ。十年前の流行病で、殿下も両親である皇太子殿下夫妻や、祖母である皇后陛下を一度に失った。オリバー殿下は生まれたばかりで、乳母に預けられていたから、母親の顔もろくに覚えていないんじゃないかな。――残されたのは、祖父である国王陛下だけなんだが」

クリストファーの深い息が漏れる。

「陛下は一度に妻や息子を失い、悲しみにくれていた。元はといえば、陛下が外遊で持ちこんだ流行病だ。それによって大切な家族を失ったことで、自らを責める気持ちばかりが膨れ上がっていったようだ。それゆえに、たった一人残された孫のオリバー殿下を抱き寄せることすらできずにいる。いまだに、流行病を移すことを恐れておられる」

「……流行病って、十年前のことよね？」

シャーロットは確認してみた。

「ああ。陛下は十年前のあのときから、悲しみにくれておられる。そのころ、猫公爵に出会った。人ではなく、猫しか、安心して近づけることができないんだ。大切な人に近づくことを、過剰に恐れておられる」

「もしかして、……陛下の病って」

ふと気づくことがあったので、尋ねてみた。

クリストファーは小さくうなずく。

「気鬱の病だ。身体は特に問題ないようだが、数年前からさらに悪化された。過去のことをやたらと思い出すらしい。今でも、陛下はオリバー殿下をお近づけになられない。それは陛下の、オリバー殿下まで絶対に失ってはならないという気持ちの表れであるのだが、……オリバー殿下は、どこまでご理解されておられることか」

「あなたはオリバー殿下に何も説明していないの？」

「言葉では何度も説明しているのだが、……こういうものは、どうしても、ね。一度でも、陛下自らオリバー殿下を抱きしめてくだされば、解消されると思うのだが」

世の中にはどうにもならないことがあるのだと、シャーロットは知っている。

今日出会ったオリバーが、どこか寂しげでトゲトゲとしていた理由が理解できたような気がした。

唯一の肉親である国王陛下に、オリバーは一度も抱きしめられたことがないのだ。その気持ちを想像しただけで、胸が冷たくなる。

「どうにか、それはかなえられないの？　もうその流行病は、陛下から人に移ることはないんでしょ？」

「流行病については、わからない部分も多いんだが、おそらくは」

「陛下がオリバー殿下を抱きしめられるように、あなたからも口添えしてもらえない？」

それができるのは、クリストファーしかいないような気がする。国王の代理として政務をこなしているると聞いているし、オリバーとも近い間柄だ。

彼は苦笑を浮かべた。

「できることならそうしているんだけど、なかなかうまくいかなくてね。オリバー殿下は、僕のことを敵視しておられるようだし」

「敵視って、どうして？」

「王位を奪われるとでも、思っているんだろ。僕にそんな気は少しもないのに」

オリバーの懸念も、理解できるような気がした。

クリストファーはとにかく人気があるし、能力も高そうだ。祖父から抱きしめられたことがなく、愛も信じられないことによって、王位継承権に自信が持てないオリバーならば、なおさらクリストファーの存在が気になるのかもしれない。

「猫公爵のことは気になっていたみたいだから、まずはごろにゃんと、オリバー殿下の膝で懐くところから始めてみたらどうかしら」

「そうだね。ごろにゃんするのは、本当は可愛い君の膝がいいけど」

そんなふうに言ってますますすり寄ってくるクリストファーを、シャーロットは両手で抱きしめた。

すると、腰に手を回されて抱き上げられる。

そのまま移動させられていくが、行き先は寝室だろうか。予想通り、見えるドアや天井はそうだ。

さすがに心の準備ができていなくて、慌てた。

「夕食前よ？」

「ああ。だけど、君が食べたくてたまらない。空腹なんだ」

そんな言葉とともに、ベッドに下ろされる。

見上げた視界いっぱいに、クリストファーの大好きな姿があった。軽く髪をかき上げる姿が、男の色気にあふれていてゾクッとする。

顔の左右に腕を突かれ、彼の身体の圧力を感じた。何をされるのかを予感して、自然と鼓動が速くなっていく。

大好きなその顔が、どんどん近づいてきた。

瞳が猫のように光を弾き、透明に見えた。宝石のような金色の目は、本当に猫みたいだ。

その目に魅入られていると、唇がそっと触れ合った。

柔らかな感触に誘われて、シャーロットは目を閉じる。クリストファーのキスは、いつでも全感覚で感じたい。

自然と唇が開き、舌がからみあった。まだシャーロットのほうからは、おずおずとしか舌を差し出せないが、クリストファーの舌と触れ合うたびにぞくぞくと下腹が甘く疼く。

その感触に耐えていると、ドレスの裾から忍びこんできたクリストファーの手が太腿をなぞってきた。

「こないだのところ、痛くない？」

「もう、……大丈夫よ」

「確かめてもいいかな」

そんな言葉とともに、クリストファーがドロワーズを脱がせ、両足を開かせてきた。

まだまだそこを見られることには慣れず、恥ずかしさに身体がすくみあがりそうになる。何も知らなかったときと今は違うのだ。

ひんやりと足の間に外気を感じたと思ったら、間を空けずにそこの花弁を指先で押し広げられた。ことさらそこをさらけ出された感触に、シャーロットはぎゅっと目を閉じる。

そうしたのは失敗で、見られているところに意識が集中していく。ひくっとうごめいたと思ったのは錯覚ではなかったらしく、言葉にしてささやかれる。

「うごめいてる」

指摘された恥ずかしさに、頭に一気に血が上った。見られるのに耐えられず、どうにか足を閉じようとしたのだが、それよりも先にクリストファーの顔が近づいた。間髪入れずに、弾力のある温かい舌がそこをなぞる。

「つぁ！」

また舐められている。

そのことを知った途端、ぞくっと身体が深い位置から痺れた。

足が勝手にクリストファーの肩を挟みこむ。その姿のまま、花弁の形を舌先でなぞられていく。

そうされるのは初めてではなかったが、記憶にあるよりも、与えられる感覚は鮮明で、生々しかった。舌でなぞられるだけで、じっとしていられないようなむずむずとした感触が全身に広がっていく。

「っぁ、……ダメ……っん、……ぁ……っ」

ひくん、と自分でもわからないぐらい不規則に、太腿に力が入っては抜けた。

粘膜を舐められる感覚は身体を芯のあたりから疼かせるから、どうしても受け流すことができない。

何度も舌先で入り口をうがたれ、ますます襞がうごめくのが意識できる。そんなふうにしとどにそこを濡らした後で、クリストファーが舌を集中させてきたのは、花弁の上のほうにある突起だった。

そこで円を描くように舌が動くと、ぞくぞくと全身が甘く溶けるような感覚に足のつま先まで丸まった。膝をぎゅっと閉じてしまいそうになるが、その間にはクリストファーの身体が挟まっているから、かなわない。

「っん、……ん、ふ、……ん、ん……っ」

鼻にかかった甘ったるい声が、自分の口からいつの間にか漏れだしていることに気づいて、シャーロットはハッとした。だが、唇を噛んで止めようとしても、クリストファーの舌がうごめくと、どうしても声が漏れてしまう。

そこに刺激を与えられているときには何もできず、ただびくんびくんと勝手に身体が動いた。

「っは、……ぁ、……んん、……んぁ……っ」

舌が動くたびにシャーロットの腰が跳ね、ぎゅっと身体の奥にまで力が入った。そこにたまっていた蜜があふれ出す。

蜜を直接舐め取られた後で花弁全体を舐め回され、余すことなく刺激される。

その刺激に、全身から力が抜けて動けなくなる。クリストファーは上体を起こして、汗ばんだシャーロットの身体からドレスを脱がせ、糸一枚まとわぬ姿にさせた。

「ふ」

すでに、シャーロットはなすがままだった。

身体が甘い感覚に支配されていて、頭にまで靄《もや》がかかっている。そんなシャーロットの胸元の膨らみを、クリストファーの手がそっと包みこんだ。

「っんん」

クリストファーはその柔らかさを愛でるように、そっと揉みこむ。それから、その先端の尖りを親指の腹で押しつぶした。

「は！　……あ……っ」

その指や舌がどれだけ繊細に動くかということを、シャーロットはよく知っている。ただその手で乳首をなぞられているだけなのに、信じられないほどぞくぞくと身体の奥まで快感が響いた。

まだシャーロットの胸はさして大きくない。未成熟な、これから花開こうとしている少女期特有のものだ。その形状を愛でるように大きな手でなぞられながら、ことさら乳首を刺激される。

その先端にむずがゆさが集中して、もっと刺激してもらいたくなった。

そうなるのを待っていたかのように、きゅっと指先でつまみ出される。欲しかった刺激を与えられた喜びに、喉が鳴った。

「可愛いね、君のここ。こんなにも、健気に尖ってる」

そんなふうに言われながら、乳首を指の間でくりくりと転がされる。だが、そこのむずがゆさが完全に消えたわけではない。片方の指を胸に残したまま、もう片方の手が下肢に忍んでいって、くぷりと中に指が押しこまれた。

「っぁ、……あ……っ！」

敏感な粘膜を押し開かれる感触に、腰が震える。

じっとしていたいのに、指先を入れられるのに合わせて身体の内側からこみあげてくる快感に、どうしても身体が跳ねる。

根元まで指を入れられたと思ったら、今度は抜かれていく。じっとしていることができないぐらい、その感触も淫らだった。

足の先がシーツの上で泳ぐ。

「痛くない？」

気遣うようにクリストファーに言われて、シャーロットはうなずいた。もっと大きなものを入れられたらどうなるかわからないが、指だけなら大丈夫だ。むしろ、その指が気持ちよすぎて、快感がより強く感じられることに戸惑うばかりだ。

指が抜き差しされるのに合わせて、たまらないうねりがこみあげてきた。

「……ぁ、……あ、あ……っ」

のけぞる胸のてっぺんの乳首も吸われる。

くぷくぷと中指で孔をうがちながら、クリストファーの空いた指が、シャーロットの花弁の前のほうに伸びた。先ほどたっぷりと刺激された突起も、同時に刺激される。

「っひ！　……あ、……ダメよ、……んぁ、……や、……んぁ、あ、あ……んぁ……っ」

感じる三カ所から濃厚に流しこまれてくる快感に、シャーロットはあらがうすべを知らない。がくがくと震えながら、まっすぐに昇りつめる。背筋が弓なりにのけぞり、痙攣するのに合わせて腰砕けになるような快感が駆け抜けていく。

「っぁ、……は、……は、は……」

どうにかその衝動が収まったのをみて、クリストファーの指が抜けていった。

シャーロットは涙の浮かんだ目で彼を見る。胸のてっぺんで尖りきった乳首も、しとどに蜜に濡れた花弁も、限りなく過敏になっていた。

「待って……」

これ以上の、甘すぎる刺激を続けられるのは怖い。

涙が目の端から流れるのを感じながら口走ると、クリストファーがシャーロットの頬をてのひらで包みこみ、唇にキスしてくれた。

できるだけ敏感なところには触れないようにしてくれたみたいだが、それでもわずかに刺激された胸の先がチリチリと痺れた。

「いいよ、いつまででも待とう」

そんなふうに言ってもらったが、今度は触れられなくなった身体が甘く疼いてくる。

それもあって、シャーロットは息が整うと、誘うようなことを口にしていた。

「こないだはね。……痛くもあったんだけど、……そんなに、……嫌では、なかったの」

クリストファーはそんなシャーロットを見て、微笑んだ。

「初めてよりも、二度目、三度目のほうが、もっと気持ちよくなるって聞くよ。……確かめてみる?」

そんな誘惑に、うなずかずにはいられない。クリストファーはシャーロットの知らない快感を教えてくれる。身体はさきほどクリストファーの指が入ってきたときの感覚を留めており、もっと刺激されたいと訴えているのだ。

「……いい、……わ」

まだ結婚前なのに、こんなことをしてしまって大丈夫なのだろうか。

少しの背徳感はあったが、それ以上にクリストファーともっと触れ合いたいという欲望のほうが圧倒的だった。

クリストファーは服を脱ぐと、シャーロットの膝を抱え上げてきた。大きく広げさせた足の奥に、ぴたりと熱い切っ先を押し当てる。

「っン」

「入れるよ」

ささやきと同時に、熱を帯びた硬いものが、シャーロットの身体に一気に入りこんでくる。

「っぁああ……ぁ、……あ……っ」

心の準備はしていたつもりだったが、覚悟していたよりもずっとそれは大きかった。狭い襞が、限界までクリストファーのものに押し開かれる。

だけど、濡れきった蜜壺はすんなりとそれを受け入れた。

根元まで押しこまれたときに、ぎち、と襞がきしんだ感じがあったが、身じろいで息を吐くと、違和感に似た痛みはすうっと薄らいでいく。

「はぁ、……は、は……」

「痛くない？」

「だい……じょうぶ」

「ゆっくり動くから」

上擦った声で言われて、こんな声が聞きたかったんだと、余裕のない中で思う。

まずは円を描くような、擦りつけるような動きが与えられる。圧迫感を覚えるたびに、小さく声が漏れた。

「っん、……はぁ、……は、は……っ」

すぐそばに、クリストファーの身体がある。

猫公爵よりもずっと大きいのに、動きがどこか似ていた。

身体がその大きさに馴染んでいくにつれて、受け止める感覚が少しずつ変化していくのをシャーロットは感じていた。

「ぁ、……あ、……あ…ん、ぁ」

奥まで入れられるたびに中に力がこもって、クリストファーのものを締めつけてしまう。

そんなとき、膝を抱えこまれて、より身体を二つ折りにされた。腰がほとんど浮いてしまって、より挿入感が強くなった。

「う、……んう、……う、……ぁ、……あ……っ」

奥までたたきつけられる衝撃を受け止めることになり、ぞくっと身体に響いた。頭は真っ白で、クリストファーの動きに合わせて、息を吐くだけで精一杯だ。

だが、抜き差しを繰り返され、すごく腰のあたりが気持ちよくなっていく。

一突きごとに、シャーロットの身体は揺れた。ずり上がっていきそうになるたびに、腰をつかんで引き戻され、さらに深いところまで押しこまれる。切っ先が深みに突き刺さる感覚が、とても鮮明だ。

「んん、……ぁ、……ぁ、あ……あ…ぁ……っ！」

「少しだけ、待って」

クリストファーのささやきが、靄のかかった意識を引き止める。どうして待たなければいけないのか、よくわからない。だけど、そうしなければいけないと思って、シャーロットは昇りつめそうになる身体に力をこめ、こらえようとする。

「っん……っ！」

それでも、大きなものを体内で動かされるたびに波にさらわれそうになった。

「あっ、……んぁ、あ、あ……っあ」

どうしたら、こんなに気持ちいいのに我慢できるのかわからない。一突きごとに快感は身体に満ちて、我慢も限界だ。

目に涙をためて、クリストファーを見上げたときだ。

一段と強く押しこまれて、ついにその堰が破れた。クリストファーの身体が強くシャーロットを抱きしめたので、無意識にその身体にしがみついた。

――あ、……入って……くる……。

身体の一番深いところで、どくんと彼のものが脈打った。その直後に、何か熱いもので体内が満たされた。

ぞくっと全身が痺れた。その後は全身から力が抜けて、意識が拡散していく。

「は……っ」

その身体を、クリストファーはますます抱きしめた。

抱き潰されそうになりながらも、シャーロットは少しずつ息を整えていく。とんでもなくクタクタになるけど、それ以上に気持ちが良くてたまらない。

何よりクリストファーにこんなにも強く抱きしめられ、愛されていることを実感させられるのが嬉しかった。

第五章

毎日、シャーロットはお昼すぎに猫公爵のいる部屋に出かけた。

猫公爵もシャーロットにすっかり慣れて、行けばすり寄ってくる。そんな猫公爵が中庭までおとなしくしてくれるように、シャーロットはたっぷり撫でてめろめろにしてから、かごの中に入れる。

あの軽装の、おそらくは引退した庭師だと思われる老人には、その後も何度も遭遇した。いつも見るたびに、服装が気になる。

シャーロットが注意してしばらくは、白いシャツの上に古ぼけた上着とズボンを身につけていた。おそらくは、主人のお下がりだろう。すでに布地は色あせ、生地はほつれていたが、元は高価そうな品だ。だけど、その後も一、二度は白いシャツ一枚で現れた。このほうが、気楽なのだろう。

シャーロットと顔を合わせると、自分の服装に気づいたように、ハッとしたような顔を見せたが、悪びれるようなところはない。本人はどんな格好をしていようが、こだわりはないらしい。

その格好で兵に見つかったら大変だと思っていたが、おそらくおとがめも受けていないようだ。古くからの庭師だから、その格好でも許されているのだろう。だが、ここは国王陛下が出入りする中庭だ。規律が緩んではいないだろうか。

そして、オリバー王子ともたまに顔を合わせた。オリバーはシャーロットと会うたびに、ぷいと怒ったようにそっぽを向いて嫌みなことを言うのだが、それでも中庭には猫公爵に会いに来ているらしい。

――だって、膝に乗せてあげたら、固まってたけど嬉しそうだったわ。

動物好きだけど、接したことがない人の反応に思えた。緊張した顔をして、こわごわと猫公爵を撫で、手を舐められてまた固まっていた。

シャーロットが自分の膝に猫公爵を取り戻したときには、残念そうな顔をして、もう一度自分の膝で抱かせろと命じてきたほどだ。

そんなときの顔が、年相応の少年っぽくて、シャーロットは微笑ましくなる。オリバーはその身分の高さゆえに、ろくに他の人々と触れ合っていないようだ。

だけど、やはり猫公爵が以前とは別の猫に見えるとか言い出すから、対処に困った。

「別の猫なんてことはないわ。猫公爵は、以前から同じよ？」

言い張ると、オリバーはすうっと目を細めて、大人びた表情になった。

「おまえ、嘘を言ってるな。そもそも、おまえが猫公爵のお世話係になってから、まだ一ヶ月ぐらいだと聞いたぞ。なのに、よくも以前から、なんて言えたな」

オリバーが自分のことについて、そこまで調べたなんて思わなかった。シャーロットはぐっと詰まったが、今さら引けない。

「で、でも、猫公爵のことは、昔から知っているもの」

「昔からっていつからだ？　おまえが城に上がれるようになったのも、つい最近だろ。今年デビュー組のくせに」

「で、でも……っ」

ますます詰まってしまう。オリバーは子供だから、適当なところで引いてくれない。

勝ち誇ったような顔をされたから、シャーロットは困惑して、猫公爵を両手で抱きしめた。

さらにオリバーは、シャーロットを追い詰めようとしてくる。

「おまえのような男爵令嬢が、どうしてカーク公と知り合ったんだ？　ずいぶんと気にいられているようだが、身分違いだろ」

オリバーがどこまで知っているのかと、シャーロットは猫公爵をもふもふしながら考える。

まずは絶対に秘密にしておかなければならないことは、猫公爵がクリストファーだということだ。

「猫公爵は、限られた人にしか懐かないのよ。私と、……そしてあなた」

それに、例の庭師の老人だ。その三人には、無条件に懐いているように思えた。カーク邸で懐いている相手は少なく、世話をしている侍女はいまだに猫公爵を抱くことすらできないでいるらしい。家令も猫公爵に引っかかれたと、腕の傷を見せたことがあった。

「質問に答えてないだろ！」

「猫公爵が懐く相手には、クリストファーも懐くの。だから、あなたもきっとクリストファーと仲良くなれるわ」

オリバーはクリストファーを敵視しているのがその言動の端々からうかがえたが、クリストファーのほうはオリバーと仲良くしたいと言っていた。だから、その二人の仲を仲介できたらいい、と思っていたのだが、オリバーは憤慨して立ち上がった。

「もういい！　おまえは話をはぐらかしてばっかりだ」

立ち上がって、そのまま立ち去りそうな気配を見せたから、シャーロットは慌てて引き止めた。

「待って……！」

ここはオリバーの味方をしておかないと、ますます彼は孤独になってしまう。そんなふうに察したから、シャーロットはオリバーに近づいて、抱いていた猫公爵をオリバーにそっと渡した。

いきなりふわふわとした極上の重りを渡されたオリバーは、それだけでまた動けなくなっていた。視線を猫公爵に向けたまま、撫でることも忘れて固まっている。

そんなオリバーの姿に、シャーロットは微笑んだ。

「撫でていいのよ」

「……ああ」

上の空でうなずき、そっとオリバーは近くのベンチに座って、猫公爵を膝に乗せ直す。それから、そっと撫でた。まだ猫という生き物に触れるのに慣れていない、おそるおそるの手つきだ。力加減も手の動かしかたもわからないようだが、それでもすべての注意が猫公爵に向いているのが微笑ましい。

いつもは硬く閉じた唇も、猫公爵を撫でている間はほころんでいる。

――猫公爵、すごく触り心地がいいものね！

ふわふわとした毛の層の下に、暖かくて柔らかい肉がある。見かけよりも肉づきがほっそりとしているから、その頼りなさがことさら庇護《ひご》欲を掻《か》き立てる。

「これ、猫公爵にあげてくれる？」

シャーロットは猫公爵を撫でているオリバーに、包みから出した干し肉をそっと手渡した。

猫は食べている姿も、とても愛らしい。ましてやそれが自分が渡したものなら、愛しさは無限大だ。

「あ、……ああ。このままでいいのか？」

「大きすぎたら、指先で裂いてね」

ハッとしたように居住まいを正して、オリバーが几帳面《きちょうめん》に干し肉を裂いては、猫公爵の口元に運ぶ。

頬が赤らんでいて、年相応の子供みたいで可愛かった。


季節は夏へと入っていく。

この国は大陸の中央部にあり、気温は温暖で、真夏でもしのぎやすい。朝晩は涼しく、昼間はそれなりの温度まで上がることもあるが、ムシムシはしない。

空が高く澄んでいて雨も少ないから、シャーロットが好きな季節だ。

それに、中庭ではさまざまな花が咲き乱れる季節でもある。見たことのない珍しい花が日ごとに咲いていくから、足を運ぶのが楽しみだった。

中庭で猫公爵を遊ばせながら、シャーロットは領地でのひまわり畑のことを思う。

地の果てまでどこまでも広がるひまわり畑は、初夏の絶景だ。咲く時期は毎年微妙に違うから、もう今年の見頃はすぎてしまっただろうか。

――見に行きたかったわ。とても、綺麗なんですもの……！

ひまわりは観賞用ではなく、種から油を絞るために栽培されていた。種をそのまま食べることもある。軽く炒《い》って塩をまぶした種はとても美味しいから、思い出していると唾が出てきた。

――一度、スゲイトン領に戻りたいわ。

そこはシャーロットの故郷であるのと同時に、大好きな人々がいるところだ。両親が何よりも領民を優先させるのは、シャーロットも共感できる。

自分も立派に勤めを果たし、男爵家の財政難を助ける力となりたいと思っているのだが、問題なのはいつまでたっても、中庭で国王陛下にお会いできないことだ。

だが、陛下との謁見を想像しただけでは、気絶しそうなほど緊張する。だから、それがないのはホッとできることでもあった。

――ホッとする、なんて言ってちゃ、本当はいけないんだけど。

中庭で出会うのは、庭師の老人や、オリバー殿下だ。オリバーは猫公爵を撫でられるのが嬉しいのか、週に一、二度は姿を現す。あまり頻繁でないのは、家庭教師との勉強が忙しいかららしい。

カーク邸での暮らしは楽しく、毎日が幸せとともにすぎていく。

シャーロットも家庭教師との勉強は大変だったが、それ以外は真夏もすぎて、朝晩が少し冷えこむようになってきた、ある日。

猫公爵を中庭で遊ばせようと、シャーロットは昼すぎに猫公爵の部屋に向かった。だが、室内はガランとしていて、猫公爵も、猫公爵の世話をしている侍女もいない。

あれ？　と思って立ちすくむと、カーク邸全体がバタバタしているような気配が伝わってきた。

そのとき、家令が姿を現した。

「申し訳ありません、シャーロットさま。猫公爵の姿が見えなくなったので、今、総出で探しているところです」

「いないって、庭にも？」

「ええ。庭や屋敷中を探したのですが、猫公爵のお姿はありません」

「いつからいないの？」

「侍女が言うには、今朝から姿を見ていない、と。ただ、夜間でも猫公爵が自由に部屋から庭に出入りできるように、小窓はずっと開いてございます。おそらくお城の敷地内に入られているのではないかと、そちらに捜索の手を広げているところです」

「たまにあるの？　猫公爵がいなくなるのって」

「ええ。以前はそれなりにございました。シャーロットさまがお世話係になってからは、毎日遊んでいただけるので、おとなしくお部屋にいるようになったのですが」

「だったら、私も探すわ！」

シャーロットは腕まくりした。

そもそもシャーロットが猫公爵と出会ったのが、宮殿の庭だ。とても広いそこで、ひょっこりと会ったのだ。

カーク邸の敷地内なら、他の猫や生き物が入らないように囲いもしてあるから、猫公爵は安全だ。だが、お城の敷地内にまで出てしまったら、いろんな人がいるから心配だった。

シャーロットは隣接した宮殿の庭に向かう。以前、そこで猫公爵と会っているだけに、簡単に探し出せそうな気がした。

宮殿とカーク邸との境には、いつもは兵が立っている。だが、今日はいない。兵もカーク邸からの要請を受けて、猫公爵を探しているのだろうか。

シャーロットも誰にとがめられることなく、庭から宮殿の敷地に入った。

そこは、宮殿の広い庭の端にあたる。いつもシャーロットが向かう中庭は、この広い庭の先にある宮殿の建物を抜けた、その先にある。シャーロットは猫公爵を探しながら、広い庭を横断していった。

だが、その姿が見つけられないまま、宮殿の建物に入ってしまった。

――どうしよう。次はどこを探す?

宮殿の広い庭は、兵やカーク邸の使用人たちが大勢で猫公爵を探しているはずだ。それに混じろうかと考えたが、猫公爵はいつも遊び慣れた中庭にいるのではないか、とふと思った。

――中庭には、限られた人間しか入れないのよ。

それを考えたら、自分は中庭を探しに行くのが正解ではないだろうか。そう判断して、シャーロットは小走りで中庭に向かおうとした。

その途中で、大勢の正装の人々が行き交う広間に出る。人々にぶつからないように注意して横切ろうとしたとき、シャーロットは不意に誰かに呼び止められた。

振り返ってその声の主を探していると、肩をぐいと背後から引っ張られる。

「やっぱり、君だ」

聞き慣れた声に驚いて振り返ると、そこにいたのは正装のクリストファーだった。

どこかで公務でもこなしていたのか、長い白の長衣の礼服に身を包んでいる。金モールの飾りが、彼の輝くような麗しさを引き立たせた。その姿を見るなり、シャーロットは言った。

「大変よ！　猫公爵が行方不明なの。みんながあなたの行方を捜しているの！」

猫公爵の姿がないのは、クリストファーに変身していたからだとようやく思い当たる。

カーク邸にいる何人かはクリストファーの正体を知っているのかもしれないと思っていたが、ここまで大がかりな捜索がされているということは、猫公爵の正体を知らない人がほとんどなのではないだろうか。

「落ち着いて」

クリストファーはシャーロットの手首をつかんで、人のいない柱の陰まで連れていく。それによって、これは内緒の話なんだとわかった。

シャーロットは声を潜めて、あらためて言った。

「あなたを、みんなが探しているのよ。猫公爵が行方不明なの。早く猫公爵の姿に戻って。そうすれば、みんな安心して、捜索を止めると思うわ」

いつもならクリストファーはこの時間、猫公爵に戻っている。だが、今日は何らかの事情があって、人の姿のまま過ごしているのではないだろうか。

だが、この時間は国王陛下が中庭を散歩して、猫公爵と遊ぶかもしれない時間だ。万が一、今日のこの日に限って、陛下が散歩に出かけるようなことがあったら、がっかりさせることになりかねない。

そう思って焦って伝えたというのに、クリストファーは少し眉を上げて、困ったような顔をした。それから、シャーロットの前で屈みこみ、幼子を相手にするように顔の位置を合わせて、そっと告げる。

「君はまだ、僕が猫公爵だと思っているんだ？　困ったね」

「え」

なんだか、胸がズキンとした。

だと思ってる、というのは、どういうことなのだろうか。

その真意について尋ねたくて、クリストファーを見上げる。

だが、そのとき、いきなり大勢の兵がシャーロットとクリストファーを取り囲んだ。

いつもとは違って、やけに殺気立った気配が伝わってくる。それはシャーロットだけではなくてクリストファーも強く感じ取ったらしく、かばうようにその前に立った。

だが、そのクリストファーを無視して、兵の一人がシャーロットに告げた。

「猫公爵の件について、おまえに問いただしておきたい嫌疑がある。先ほど、猫公爵の死亡が確認された。まずは、その件について、説明を求めたい」

──猫公爵の死亡が……！

驚きのあまり、シャーロットは硬直した。

ぐい、と強い力で腕を引っ張られ、その痛みに思わず顔がゆがむ。だが、引きずられそうになったときに、シャーロットの前に割りこんできたのは、クリストファーだ。

兵の手に自分の手を重ねて、逆らえない威厳とともに兵を見据えた。

「僕が猫公爵の後見人であるクリストファー・カーク公爵だ。猫公爵の死亡が確認されたというのはどういうことなのか、説明を求めたい」

兵が手の力を緩めたので、ようやく痛みが薄れた。それでも、腕にその指の跡が残りそうなぐらい、容赦のない力がこめられていたから、ズキズキと腕が痛む。

「この娘は猫公爵の後見人である僕の依頼を受けて、お世話係をしているだけだ。猫公爵がからんでいるのなら、この件が僕なしで運ぶはずがないのだが？」

逆らいがたいクリストファーの口調と迫力に、兵たちは怯《ひる》んだようだ。しかも、公爵という名乗りを受けている。

兵たちの中で、少し偉そうな男がクリストファーの前に出た。

「失礼いたしました、カーク公爵。でしたら、まずは近衛詰め所のほうに、この娘とともにご同行願いましょう。まずは、猫公爵の首輪を、あらためていただきたい」

シャーロットから腕が放される。

兵たちに左右前後を固められて、シャーロットはクリストファーと一緒に城の廊下を歩くことになった。

宮殿に集う人々が、何事かと遠くからこちらをうかがっている。物々しい雰囲気だ。

シャーロット一人だったら、怖くてまともに歩けなかったかもしれない。だが、横を歩くクリストファーがぎゅっと手を握ってくれた。

クリストファーがいてくれて良かったと心から思うものの、それでも猫公爵が死んだと聞いたからには、ずっと鼓動が落ち着かない。

指の先まで冷たくなっていた。自分まで死体になったような気分になる。歩きながら、ぼろぼろと涙があふれた。

――猫公爵は、死んじゃったの？

あの柔らかくて暖かい、可愛い生き物に二度と会えないかもしれないと思うと、悲しくて涙が止まらなくなる。

だが、ずっと落ち着かないのは、この状況に違和感があるからだ。

歩きながら、シャーロットは何度もクリストファーの手を握り直した。

――だって、クリストファーはここにいるのよ。どういうこと？　クリストファーは猫公爵であり、猫公爵はクリストファーだ。クリストファーがこうして無事でいるのだから、その化身である猫公爵の死亡が確認されるはずがない。

――だけど、そうじゃないの？　クリストファーはさっき、変なことを言ったわ。どういうこと？　何が起きているの？

隣を歩くクリストファーに、シャーロットは不安になって聞いた。

「大丈夫よね？」

クリストファーは、シャーロットの肩を抱き寄せながら、言ってくれた。

「大丈夫だ。君は何も悪くない。僕にすべて任せて」

シャーロットは『猫公爵の身は大丈夫よね』という意味で尋ねたのだが、彼の返事はそれとは違って聞こえる。

ざわざわと鳥肌が広がった。

いつもは余裕を感じさせるクリストファーなのに、彼の表情から緊張が漂っているように思えたからだ。

連行された近衛詰め所の、入ってすぐの部屋の中央には大きなテーブルがあった。室内には、何かが焼けた後のような、不吉な匂いが漂っている。

そこで二人を待ち構えていた立派な服装の男は、近衛隊長だと名乗った。彼はクリストファーとは顔見知りのようだが、表情はひどく硬い。

おもむろに彼は、テーブルの上に板を移動させた。

見えたのは、黒く焼かれた首輪だった。それを見た瞬間、シャーロットの顔から血の気が引いていく。それは猫公爵がしていた、白い革に宝石のついた首輪であり、こんなにも焼けているからには、持ち主は無事ではないと想像できたからだ。

焼けた首輪から目が離せずにいると、近衛隊長が口を開いた。

「浮浪者が、この首輪から宝石を外そうとしているところを、我が隊の隊員が見つけてな。問いただすと、通りで死んでいた猫から取り外したものだと言うんだ。その場所に駆けつけると、すでに死体はなかったが、表の通りではよく猫も人も、暴走する馬車に跳ねられる」

シャーロットもその通りを知っている。四頭立ての馬車は道が空いているときには半端なく飛ばすから、危険なのだ。

「焼けているのは――」

クリストファーが口を挟む。近衛隊長は、うなずいて口を開いた。

「以前にも、焼けた人の遺体が見つかった。跳ね飛ばされたときに馬車のランプとぶつかり、その油が引火して焼けたようだ。今回も、ここまで焼けているからには、同じケースだと思うが」

「遺体は」

「朝の清掃で処理されたものと考えられる。その係に問いただしてみたが、ゴミはすでにすべて焼かれていた。動物の死体も混じっていたそうだ。ゴミをあらためてみたが、よくわからなかった」

首輪の焼け残った部分にはまだ白く色が残り、上質な革でできたものだと見てとれる。その宝石の配置といい、やはりこれは猫公爵のものだ。

猫公爵の死を実感できた途端、シャーロットはぐっと全身に力をこめた。そうしないと、立っていられない気がしたからだ。

首輪についていた色水晶や宝石は割れたり色が抜けたりしていたが、サファイヤやルビーはそのまま残っていた。だからこそ、浮浪者もそれらを外して再利用できないか、考えたのだろう。

焼き焦げた首輪を見たときから、シャーロットは身体の周りにある空気が薄くなったような気がしてたまらなかった。ずっとがくがくと身体が震えている。

――猫公爵、……死んじゃった、……の……？

そう思うと、世界の半分がごっそりと喪失したような感覚に襲われる。

そのふわふわとした毛の感触や、じゃれてきた手足の感触が生々しくよみがえる。どうしてもっとちゃんと、見ていなかったのだろう。夜も猫公爵と一緒に過ごしていれば、こんな最期は避けられたのではないのか。

自分を責める気持ちが膨れ上がる。

大好きな可愛らしいふわふわの猫が死んでしまったというのが、どうしても認められない。

その毛並みと、そこに顔を埋めて息を吸ったときの匂いを思い出すと、鼻の奥がツンとした。

すごい勢いで飛ばす馬車の、あの荒々しくて大きな轍《わだち》に、猫公爵の柔らかで愛らしい身体が巻きこまれたことを想像しただけで、息が詰まりそうだ。

痛かっただろうか。痛みを感じる間もないほど、あっという間だっただろうか。せめて焼かれたときには、命がなかったことを祈るしかない。

「……っ」

言葉もなく、ただぼろぼろと涙を流すシャーロットに、クリストファーがハンカチを渡してくれた。

それに顔を埋めたが、悲しみはまるで薄れることはない。

もっともっと、可愛がっておけば良かった。遊ぶのが足りなかったから、猫公爵は部屋から出ていってしまったのではないのか。

いなくなったのは昨夜だから、シャーロットに直接の責任はない。だが、お世話係であるからには、責任を免れるものではないだろう。事実、ここに連行されたのだ。

「ごめ、……ん、なさい」

シャーロットは、涙の合間に切れ切れにつぶやく。

首輪を見てしまったからには、猫公爵が死んでしまったのだと認めるしかなかった。

今でも現実感が湧かない。だけど、焼けた首輪という動かぬ証拠があった。

ずっとクリストファーは猫公爵と同一の存在だと思っていた。猫公爵は死んでしまったというのに、どうしてクリストファーは無事なのだろうか。不意にクリストファーまで焼けて死んでしまいそうな恐怖に駆られて、シャーロットはその腕をつかんで見上げた。

ガクガクと足を震わせながらも、懸命に尋ねずにはいられない。

「あなたは、……大丈夫、……よね？」

命はこれほどまでにはかなく消えてしまう。あたりまえにあったものが、次の瞬間には永遠に失われる。

それが怖くて、身体の震えが止まらない。

そんなシャーロットを正面から抱き直しながら、クリストファーは言った。

「大丈夫だ。僕は、君を残していなくなったりはしない」

その言葉に、少しだけ楽になった。それでも、猫公爵が死んでしまったという事実は変わらない。いくら抱きしめられても全身は冷たいままで、指先が凍るようだ。

泣くことしかできなくなったシャーロットの耳に、近衛隊長の言葉が届いた。

「猫公爵の御身は、国王陛下の庇護の元にある。その猫公爵をむざむざこうして死なせてしまったからには、監督不行き届きで、お世話係を捕縛しなければならないのだが」

自分が罰を受けるのは、当然だ。こんなことになったショックでぼうっとしながらも、シャーロットは小さくうなずいた。だが、そんなシャーロットから手を離し、クリストファーが彼の前に進み出た。

「待て。猫公爵の後見人は僕だ。罰を受けるのなら、それは僕の役割だ」

「ですが」

「捕縛するのなら、僕だ」

クリストファーは一歩も譲らない。

シャーロットははらはらしながら、ことのなりゆきを見守るしかなかった。


「我が国の良くない風習として、何か失態が起きたときには、上の者が下の者にその罰を押し

つける、というのがございます」

近衛隊の詰め所から動けないでいたシャーロットは、迎えに来た家令に連れられて屋敷まで戻ることになった。

クリストファーがシャーロットの代わりに捕縛されることになったのだ。それが受け入れがたくて抗議したが、聞き入れてもらえることはなかった。ずっと涙が止まらない。

シャーロットを慰めるように、家令が言葉を重ねてくる。

「ですから通常の場合では、何があろうとも旦那様ほどの大物が罪を担うことはございません。身代わりを立てることで、身分のある者たちは、すべての罪から免れることができる仕組みでございます」

シャーロットは納得できずに、言い返した。

「だったら、やっぱり捕まって罰を受けるのは私で、クリストファーが責任を負う必要はないってことよね？」

近衛隊長は下っ端のシャーロットを捕まえることで、話を決着させようとしているように思えた。だが、クリストファー自らが罪を負おうとしたからこそ、あの場ですごく揉めていたのだ。

「ええ。まず、公爵という立場でございますれば、捕縛されることはございません。普通ならば、旦那様はシャーロットさまに責任を押しつけて、何事もないようにしてすましていられるお立場です」

「捕まったらどうなるの？　牢屋《ろうや》でひどい目に遭わされるの？」

本来だったら、そうされるのはシャーロットだったはずだ。クリストファーがそこまで自分をかばってくれたのだと思うと、じわっとまた涙がにじむ。ただでさえ、猫公爵の死のショックを受け入れられずにいるのだ。

そんなシャーロットを見て、家令は慌てたように言った。

「ですが、あなたはクリストファーさまの大切なかたですから、旦那様が身代わりになろうとするのは当然なことでございます。旦那様があれほどまでに満ち足りた顔をして、毎日を楽しそうに過ごしていたことなど、私は見たことがございませんでしたから」

そんなふうに言われたので、シャーロットの目からはまた涙の粒があふれた。

だけど、泣いてばかりはいられない。どうにかして、クリストファーを救わなければならないのだ。

クリストファーに渡されたハンカチをぎゅっと握りしめて、シャーロットは身体に力をいれた。

「このままだと、クリストファーはどんな罰を受けるの？」

近衛兵《このえへい》たちに囲まれて姿を消したクリストファーは、公爵だから粗雑には扱われないだろうが、それでも心配だった。殴られたり怒鳴られたりしたあげくに、寒かったり、ひもじい思いをさせられたりはしないだろうか。

不安で息ができなくなる。

家令は少し考えてから、答えた。

「公爵が、……同じ公爵位にあるものを殺した場合の法規範としては、一番軽いもので国外追放でございます」

「えっ」

いきなりの衝撃に、シャーロットの顔から血の気が引いた。

クリストファーは公爵であり、考えてみれば猫公爵も公爵位だ。だから、その罪が該当するのだろうか。

「一番重かったら？」

「死罪でございます」

その言葉に、シャーロットは絶望で目の前が真っ暗になった。

くらくらするのを抑えて、必死になって言ってみた。

「だけど、クリストファーは何もしていないのよ」

「猫公爵を、安全な敷地から逃してしまった。その結果、猫公爵が不幸な事故に遭われた。それが、旦那さまの監督不行き届きのためだと判断された場合には、罪から逃れきれないものと推察いたします」

「どうにかならないの？」

「偶発的な不幸な事故だと、陛下も臨席される貴族院裁判によって判断された場合には、罪は軽くはなるでしょう。ですがその場合でも、国外追放は免れることができないはずでございます。これから半月後に裁判が開かれ、情状などを酌量して、罪が決まるかと」

信じられないほどの重い罰に、シャーロットはあえいだ。

「どうすればいいかしら。どうすれば、裁判長に言い分を聞いてもらえるの？」

「残念ですが、シャーロットさまではどうにもなりません。おそらくお城では旦那様のご友人が、どうにか罪を軽くしようと奔走されている真っ最中でございましょう。ですから、こちらでできることは何もございません。国の法を曲げることができるのは、国王陛下だけでございます」

「だったら、何であっても国外追放なの？」

まともに息ができなくなる。

クリストファーはそれほどの罪となるのも承知で、シャーロットをかばってくれたのだろうか。

国外追放となれば、今までの暮らしとは激変するだろう。今は国王陛下の代理として政務まで担っているのに、特権をすべて失う。カーク公としての財産も、どこまで保全できるのかわからない。

──救えるのは、陛下だけ……？

だったら、自分にできるのは国王陛下にクリストファーは無罪だと訴えることだ。

だが、家令に尋ねてみたところ、国王への面会は病気もあって厳しく制限されており、一介の男爵令嬢がどれだけそれを望んでみたところで、かなえられる可能性はゼロに等しいという返事だった。

シャーロットの父である男爵が力を尽くしてみたところで、まずは却下される。クリストファー自身が面会を申し出ないことには、国王陛下との謁見の許可が下りる可能性はまずないそうだ。

「しかし、その旦那様ご自身が獄におられるので、謁見の許可は下りないと考えられます」

家令の言葉に、シャーロットは頭を抱えた。

これでは、八方塞がりだ。

失望のあまり、まともに頭が働かない。

今は猫公爵のぬくもりもない。あの柔らかでふわふわの身体を抱いているときは、ひたすら幸せだった。なのに、猫公爵はもうこの世にいない。無残に焼け残った白い首輪の残骸が脳裏に浮かぶ。可哀想なことをした。せめて大切に葬ってやりたいのに、骨すら見つからないそうだ。

──私が、……罰を受けたら良かったのに……。

クリストファーに最後に抱きしめられたときの感触がよみがえる。

『何も心配することはないから、君は屋敷でゆっくりしてて』

そう言って、心配そうに顔をのぞきこんできた。

自分よりも、シャーロットのことを心配してくれた。

そんなクリストファーのために、自分に何ができるのかを必死で考えるしかない。

深夜に、眠れないまま必死で考え続けて思いついたのは、国王陛下が散歩するという中庭に向かい、そこで顔を合わせることを期待することだ。

大切な人が大変な目に遭っているというのに、そんな偶然にかけるしかない自分のふがいなさに、いつまでも涙が止まらなかった。


朝になってから、シャーロットは中庭に出かけた。

すでに家令はクリストファーが国外追放になることを覚悟しているのか、屋敷の整理を始めているようだ。できるだけ財産を海外に持っていけるように、保全しているのかもしれない。

シャーロットは朝食を取ることもなく、そのまま屋敷を出て宮殿へ向かう。いつもならば猫公爵を腕に抱くか、バスケットに入れて運んでいた。その重みがないことが、ひどく心細く、悲しく感じられた。

猫公爵のことを思うと涙が止まらなくなるから、時折、足を止めて涙が落ち着くまで待たなければならなかった。

猫公爵なしのシャーロットでは、中庭に入る資格はないはずだ。だが、すれ違った兵は何らとがめることはなかった。いつものことで顔見知りだったから、不思議には思わなかったのかもしれない。

シャーロットは、中庭にあるいつものベンチに座った。

手持ち無沙汰なまま、ボーッと空を見上げる。

猫公爵もクリストファーもいないと、ここまで胸が空っぽになるとは思わなかった。だけど、何も考えられないぐらい、心や身体からも力が抜けていた。

瞬きをするだけで涙があふれるぐらいだから、猫公爵のことや、牢《ろう》にいるクリストファーのことを考えればなおさらだ。クリストファーは牢屋で寒くてつらい思いをしているというのに、自分がこんなふうに自由で安楽な立場にいることが許せない。責める気持ちばかりが膨れ上がっていく。

猫公爵のお世話係になって、だいたい三ヶ月だ。

国王陛下がいつか散歩するときのために雇われたというのに、一度もそのお役に立っていないというのは、問題ではないだろうか。

だけど、今日こそ陛下にお姿を見せてもらいたい。そうしたら、必死になってクリストファーのことを訴えて、彼を牢獄《ろうごく》から出してもらうのだ。そもそも罪を負うべきはシャーロットなのだから、彼の代わりに牢に入ってもいい。

——そうよ。クリストファーが苦しむぐらいなら、私が苦しいほうがいいの。

クリストファーもそんな気持ちだったのだろうか。シャーロットよりも、自分が苦しいほうがいいと。

ぽたぽたと、涙の粒が膝にこぼれてしまう。

猫公爵が人に変身した、その麗しい姿が脳裏に浮かび上がる。何より好きなのは、笑ったときに綺麗な弧を描く目だ。その声は耳に心地よく、いつまでも聞いていたくなる。

そのクリストファーが牢にとらわれているなんて悲しいから、早く出してあげたい。

一縷《いちる》の望みにすがっているのに、一度も会ったことがない国王陛下が、こんなときに都合よく中庭を散歩することなどあるはずがないとも思えた。

そもそも、猫公爵なしのシャーロットと、国王陛下は話をしてくれるだろうか。ここにいるシャーロットは、単なる不審者でしかない。

そう思うと、なおさら何もできない自分が悲しくて、涙が止められなかった。

——それに、猫公爵も……。

死んでしまった。

大切な存在がいなくなってしまったショックを、いまだに受け止められない。

また涙が止まらなくなったから、シャーロットはハンカチを取り出して、そこに顔を埋めた。

ずっと泣いているから、目のあたりは腫れているし、ヒリヒリと痛む。

鼻水まであふれてきた。

ハンカチから顔をあげて、チンと噛んだときに、シャーロットは誰かが近づいてくるのに気づいた。ハッとして相手が誰なのか凝視する。見えたのは国王陛下ではなく、庭師の老人だった。

それがわかった途端、全身に入っていた力が抜けた。

最初の出会いから、老人とは何度となく顔を合わせている。

今日、彼が身につけているのは、庭いじりをするのにちょうどいい、古ぼけて色あせた服だ。

主人のお下がりなのか、服の質自体は悪くない。

老人はシャーロットがいるベンチまでまっすぐに近づくと、心配そうに話しかけてきた。

「どうした、娘よ。どうして泣いておる？」

会いたかったのは、この老人ではない。だけど、その声から、シャーロットを気遣う暖かい気持ちが伝わってきた。それを聞いただけで、また涙があふれてしまう。

「悲しいからよ。いつもここに一緒にいた猫公爵が、馬車に跳ねられて死んでしまったの。しかも、その責任をとがめられて、私の大切な人が捕まって、牢に入れられてしまったの」

「どういうことじゃ？」

老人はシャーロットを気づかうように、横に座る。

ごまかそうにも、この老人がなかなかに頑固で、融通が利かないことを知っていた。ごまかす方法も思いつかなかったから、シャーロットは涙ながらに事情を語る。

老人は聞き上手だったから、クリストファーと猫公爵が同一の存在だと思っていたことまで話してしまった。その秘密を明かすのは老人が初めてだったが、そもそもあれは秘密だったのだろうか。

猫公爵が死んでしまったというのに、クリストファーは生きている。もともと一緒の存在ではないのだ。

そのことにようやく自分で気づいた。

「ずっと、……猫公爵とクリストファーは同じだと思っていたの。だけど、……違うのよ。ずっとあの人、私をだましていたの」

そのことがすごく悲しい。老人にはせめて同感して欲しかったのに、声を上げて笑われて、シャーロットは憤慨した。

「ちょっと！」

ずっとおとぎ話を信じる気持ちがあった。獣が人に化身して、信じたものにはいいことがあるという特別なお話が大好きだった。

だからこそ、猫公爵はクリストファーに変身するのだと無条件で信じていた。その気持ちを笑われたくはない。だけど老人のみならず、クリストファーにもずっと笑われていたのかもしれないと思うと、涙がにじんでしまう。

「すまないすまない。嬢ちゃんが、あまりにも純粋なもので」

老人はそう言って、シャーロットを暖かい目で見る。

老人とは顔を合わせるたびに話をした。だから、すっかり自分の祖父のように思っていた。老人のほうもシャーロットのことを可愛がってくれて、いろいろ昔の話をしてくれた。

「じゃが、いつまでもおとぎ話の中にはいられんじゃろ。嬢ちゃんも、大人になる。わしもそろそろ、現実に立ち向かわねばならんころじゃ」

何かを吹っ切るように、老人はうんうんとうなずく。それから、シャーロットの手を握って、力をこめた。

「しかし、そうか。猫公爵の首輪がな。……さてもそれが猫公爵だったとしたら、丁重に葬らなければならない。まずは、それを確かめに行くとするか。近衛の詰め所じゃな」

老人が腰を上げたので、シャーロットは驚いた。

「近衛の詰め所に行っても、見せてくれるとは、限らないわよ」

長いこと庭師をしていたからか、老人が我が物顔で中庭を歩いていても、兵にとがめられることはない。だが、さすがに近衛の詰め所まで気楽に出入りが許されるとは思えなかった。

昨日、兵は怖かった。強く腕をつかまれたし、クリストファーも連れていってしまった。

だが、老人はすたすたと歩いていく。その足取りは、何らかの確信を得ているようだ。

仕方なく、シャーロットはその後を追った。老人はそれなりに身体が大きかったから、力づくでは止められそうもない。

なりゆきを確かめたいし、もし老人が近衛の詰め所で乱暴されるようなことがあったら、それを止めに入ろうと心に決めた。

——だって、昨日はクリストファーが……私を守ってくれたもの。

そんな思いとともに、老人の保護者のように付き従う。

老人も猫公爵を可愛がっていたから、死んだのが悲しいのだろう。自分の目でその首輪を見ないことには、納得できないのも無理はない。

だが、老人が詰め所に近づくにつれて、シャーロットは緊張してきた。

そこに詰めている兵たちは、黒のそろいのお仕着せを身につけている。たくましい身体だけではなく、腰に剣を帯いているし、槍《やり》を持っている者もいる。

彼らが老人に視線を止めた。

「何用か！」

誰何《すいか》する大声が飛んだが、ハッとしたように別の兵がその兵を止める。彼らはひどく恐縮した体で固まった。

——え？　何？

奥から慌てた様子で、近衛隊長まで出てきた。

老人がおもむろに口を開いた。

「ここに、猫公爵の首輪があるという話じゃったが」

「は」

近衛隊長がひどくかしこまった態度でうなずき、振り返って指示をすると、部下の兵たちが慌てた様子で奥から箱を運んできた。猫公爵の黒焦げになった首輪が、そこに入っているらしい。

老人は、それをしばらく眺めていた。

それから、おもむろに口を開く。

「これは、わしが猫公爵に与えたものではない」

その言葉に、シャーロットはびっくりした。

「え？　だけど、そんな」

——わしが与えたって言った？

引っかかりながらも、自分でも見定めようと近づく。老人は、これがいつも猫公爵がつけていたものと違うと言っているのだろう。だが、見てもよくわからない。白い首輪は、シャーロットが猫公爵のお世話を始めたときからつけていたものと全く同じに思えた。

不思議に思ったシャーロットに、老人が重ねた。

「半年までの猫公爵は、赤い首輪をしていた。それが、あるときから白い首輪に入れ替わったのじゃ。だから、まずは、赤い首輪の猫公爵を探しに行こうか」

――赤い首輪の、猫公爵……？

そういえば、オリバーも猫公爵が変だと言っていた。この老人も、シャーロットと初めて顔を合わせたとき、猫公爵を撫で回して、肉づきや骨格を確かめていたようだった。

――赤い首輪の猫公爵と、白い首輪の猫公爵がいるってこと？

そのあたりがまるでわからない。頭が働かない。

質問しようとしたが、老人があまりにも真剣な顔で何かを考えこんでいたので、口を挟むことができない。

老人の顔立ちが、いつもと違って威厳に満ちているように感じられた。老人は近衛隊長をまっすぐ見据えて、逆らえない口調で尋ねた。

「クリストファーはどこにいる？」

「奥にいらっしゃいます。猫公爵の後見人としてのお立場で、自らを罰するために捕縛されました」

「すぐに、ここにクリストファーを連れてこい」

「は」

老人の言葉に、近衛隊長は深々とうなずき、自ら奥に向かった。

どうして近衛隊長は、老人の言葉に何一つ異議を唱えることなく、従うのだろうか。

だが、このありさまを見ていると、なんだかわかってきた。もしかして、この老人はものすごく偉い人ではないだろうか。

——庭師では……ないのよ、きっと。

だが、最初の出会いが、特別だった。何しろ寝間着姿で、シャーロットの前に現れたのだ。いつでも身につけていた古ぼけた衣服は、お古にしか思えなかった。

だが、こうして近衛隊長を相手に堂々と命じている姿を見ると、いつもとは別人だった。

何より近衛隊というのは王直属であり、公爵であるクリストファーを捕縛できるほどの独立した権力を持っているらしい。そのことを、昨夜、家令から聞いていた。

——その近衛隊が無条件で従う相手って、一人しかいないはずよね。

だが、それを確かめようにも、急に畏れ多く感じられてきた老人に、どう話しかけていいのかわからない。

そのとき、クリストファーが奥から姿を現した。

彼を見た途端、シャーロットの目はそこに吸い寄せられた。たった一晩しか離れてはいなかったが、殴られたようなケガはないか、ちゃんと眠れたか、不安になってその姿を見つめてしまう。

クリストファーもすぐにシャーロットに気づいたようだ。まずはまっすぐ近づいてきて、その身体をきつく抱きしめてくれた。

「……心配かけたな」

その言葉が胸に染みて、またじわっと涙があふれそうになる。いろいろ聞きたいことや、言いたいことはあったはずなのに、胸がいっぱいになって言葉が出なかった。ただうなずくしかない。

クリストファーはそんなシャーロットを優しく抱きしめ、そっと髪を撫でた。腕からその身体を離さない。

そうしながらも、その場にいた老人に話しかけたのが聞こえてきた。

「陛下。……これは」

シャーロットはその言葉に固まった。

――陛下！　陛下って言ったわ……！

陛下、という敬称がつくのは、今は国王陛下だけだ。

やっぱりこの老人は、国王なのだろうか。ようやく納得する。あのような軽装で現れ、その後も粗末な衣服でぶらついていたなんて、信じられない思いだった。

自分はそれを知らずに、どれほどの無礼を働いてしまっただろうか。

クリストファーの胸にしがみつきながら、致命的なミスがなかったかどうか、必死になって自分の言動を思い返そうとする。そのとき、王の声が聞こえてきた。

「この白い首輪をしていた猫公爵は、おぬしがすり替えた偽物のものじゃな。優しい嘘じゃったから、知らぬふりを続けてきたが。まずは本物を探しに行こうか」

——クリストファーがすり替えた、偽物の猫公爵？

シャーロットが事態を把握できないでいるうちに、老人は近衛の詰め所から出ていった。

シャーロットはクリストファーの胸から顔を上げ、彼と一緒になってその姿を追う。

その後を、近衛の兵もぞろぞろと一団になってついてきた。

王は何か確信でもあるかのように歩いた。

だが、宮殿内は広い。どこに向かっているのか、まるでわからない。王は近衛の詰め所からさして離れていない回廊の途中で、不意に立ち止まった。

「オリバーや」

——え？　オリバー？　オリバー王子？

シャーロットのいるところからオリバーの姿は見えなかったが、呼びかけに応じて少年がおずおずと柱の陰から現れたのが見えた。

どこか決まり悪そうな顔をしている。場所的に、近衛の詰め所がよく見えるところだ。ここで、オリバーは何をしていたのだろうか。

そんなオリバーに向かって、王は話しかける。

「猫公爵のことが気になるのなら、わしの後をついておいで」

何もかも見透かしたような声だった。

王はそう声をかけただけで、また歩き始める。オリバーを無理やり付き従わせることはない。だが、オリバーはためらった後で王のすぐ後を歩き始めた。シャーロットとクリストファーとの間に挟まることになる。

オリバーは一人ではなく、従僕と一緒だったようだ。柱のところを通りがかったとき、その従僕も一緒に来るように、とクリストファーが声をかける。従僕は遠慮するようなそぶりを見せたが、その直後にいた近衛隊長が、強引にその従僕を列に加えた。

その間にも、王は歩き続けている。

従僕のことに気を取られて王との距離が開いてしまったオリバーが、シャーロットと並んだときに、慌てたように言い残した。

「べ、別に僕は、……あいつの様子をうかがっていたんじゃないからな！」

それだけ言って、走って王の背後にピタリとつく。

そのやんちゃな表情や、頬に走った朱を見ると、もしかしてオリバーがこのことに何か関わっているのではないかと気になった。

シャーロットは足を速めて、オリバーの背後についた。そっと肩に手をかけ、ぎょっとしたように振り向いたオリバーに、低めた声でささやく。

「何か隠しごとがあるんだったら、おじいさまに何でも白状しておいたほうがいいわよ」

軽い気持ちで言っただけに、その瞬間のオリバーの表情に、シャーロットのほうが驚いた。

化け物でも見たように目を剥き、次の瞬間、真っ青になって顔を背けたからだ。

そこまで反応されるとは思わなかっただけにびっくりして腕を離してしまったが、いったいオリバーは何を隠しているのだろうか。

クリストファーと並ぶと、今のやりとりが不審だったらしく、抑えた声で尋ねられた。

「オリバー殿下と何を？」

「隠しごとがあるんだったら、吐いたほうがいいって言ったの」

クリストファーがそばにいてくれるだけで、心が落ち着く。ほんの一晩離れていただけにすぎないのだが、彼の存在感と気配が心地よい。

シャーロットはクリストファーの手を探り、指と指をからめた。それだけで、ひどく安堵《あんど》する。

「陛下を連れてきてくれたんだな。感謝する」

クリストファーにそう言われ、シャーロットは嬉しくなって小さく笑った。ずっと泣いてばかりだったのに、クリストファーがいてくれるだけで、こんなに安心できる。

大好きな人の役に立てて、とても嬉しい。だが、クリストファーの表情から、まだ緊張は消えていなかった。この先に何かがあると、予感させる。

王は目的地にまだ到着しないらしく、広い宮殿の敷地内をひたすら歩いていった。カーク邸とは反対側に向かっていたようで、しばらくすると、巨大な大聖堂が見えてきた。

王の目的地を理解したのか、近衛兵数人が慌てた様子で前触れをするために教会へと走っていく。

宮殿の門を抜け、教会の敷地に入ったとき、大聖堂のドアが開き、高位の聖職者らが慌てた様子で姿を現した。だが、王はずらりと居並んだ彼らに軽くうなずきかけただけで、無言でその前を通り抜け、大聖堂の中に入っていく。

王が向かったのは中央にある祭壇ではなく、内陣内に収められている石の巨大な棺だった。

その一つの前で、ようやく王は足を止めた。それから、振り返る。

「オリバーや」

声をかけられて、オリバーの肩がびくんと震えるのがわかった。招かれて、おずおずと王の横に並ぶ。王と並ぶと、十歳のオリバーはとても小さく、幼く見えた。さらに老人は、身体をひねってシャーロットを見つけだした。

「それに、嬢ちゃんも」

自分が呼ばれたことに、シャーロットは戸惑った。

どうしてなのか、まるで理解できなくてクリストファーを見たが、彼は握っていた手をほどき、行っておいで、というようにそっと肩を押してくれる。だから、そのままオリバーの横まで進み出ることができた。

王はシャーロットとオリバーを並ばせると、棺を前にそっと目を細めた。

「ここには我が妻、愛しきカミラが眠っておるのじゃ。そちらには我が娘ヴィクトリアと、その娘婿のオーヴェンが」

指し示された方向に、シャーロットは次々と顔を向けた。

この巨大な大聖堂は宮殿に隣接しており、代々の戴冠式などが行われる場所だ。同時に、墓所でもあるようだ。大聖堂内に王族の棺が安置されている。どの石の棺にも精緻な彫刻が施されていたが、その大きさと石棺の遮蔽性ゆえに、その中に眠る人の気配は感じられない。

「十年前、わしの愛しいものはすべて死んでしまった。隣国から、わしが流行病を持ちこんだためじゃ。わしを看病しようとしたり、励まそうとして病床にやってきた大切な者たちは、ここで眠ることとなった」

切々とした王の声が響く。国王陛下は気鬱の病だと聞いていた。近衛詰め所からここまで休むことなく、危うげのない足取りで歩いてきたことを考えても、身体に支障はないようだ。

「わしは死の床から生き返ったが、大切な妻や息子たちは皆、帰らぬ人となった。わしのせいじゃ」

王の声から、いまだにその悲しみは癒えていないのだと感じ取る。

王は妻の棺に刻まれた名を、愛おしそうになぞった。彼女が生きていたときのことを、追憶しているように見えた。それから、王は広い大聖堂を横切り、娘と娘婿の棺の前で同じ仕草を繰り返す。

シャーロットはオリバーと一緒に、その王の後を追った。

王の痛みや苦しみが、胸に迫ってくる。特にオリバーは強く感情を刺激されたのか、必死になって涙をこらえるような表情になっていた。

オリバーにとっては、彼らは両親であり、祖母なのだ。生まれてすぐに死別したから、全く記憶はないにしても。

王はそれから、大聖堂の裏手に出た。

そこにあるのは、広大な墓所だ。

大聖堂の中に棺を安置させることができるのは、王の一族に限られている。それ以外の貴族はそれぞれの所領の教会だったり、別のところに墓所をかまえる。

だから、この裏手の土の中に埋葬されているのは、所領を持たない身分の者たちだ。それでも、この宮殿に近い墓に埋葬できるのは、それなりの身分や財産のあるものに限られている。

王はぐるりとその墓所を見回し、懐かしそうに目を細めた。

それから、独りごちるように言った。

「わしは十年前、失意の底にあった。カミラの棺から離れられず、このまま死んでしまいたいと願った。じゃが、王位を譲ろうと思っていた娘婿はすでにおらず、孫のオリバーも幼い。わしが死んでしまったら、国はひどく混乱する。だから、わしはとにかく生きることにしたんじゃ。オリバーが、……無事に国を継ぐことができる年になるまで」

その言葉に、オリバーが目を見張ったのがわかった。もしかしたら、王がこのような話をしたのは初めてなのかもしれない。

王はオリバーのほうを振り返って、尋ねた。

「わしと、初めて会ったときのことを、覚えているか」

オリバーがうなずくと、王は両手をオリバーの両方の肩の上に乗せて、少し屈みこんだ。

「おぬしはひどく幼く、ひ弱に見えた。だから、わしが触れただけで、おぬしがカミラや娘たちのように、死んでしまうのではないかと怯えた。怖かったんじゃ。だから、両親を失ったばかりの幼子を、我が手で抱きしめることもできなんだ。わしの手が、疫病神のもののように思えて」

「……っ」

その言葉に、オリバーが息を呑みこみ、ひどく緊張した面持ちで祖父を凝視したのが見えた。

貴族の子供は、大きく無事に育つまで両親と離されて育つ。死亡率がとても高いからだ。だから、成長してから両親と初めて会うこともあるくらいだが、そのことを乳母が気にしていたことを、シャーロットは知っていた。

子供は誰かに抱きしめられることで、安堵感を得る。世界に立ち向かう力を与えられる。

そんなふうに、乳母は言っていた。

だけど、ずっとオリバーは、祖父にも誰にも抱きしめられずに育ってきた。

だからこそ、シャーロットと出会ったばかりのオリバーは、あんなにもひねくれて、嫌みばかり言ったのではないだろうか。

オリバーは本心では、痛いぐらい祖父に抱きしめられることを望んでいたのではないのか。

王の手が、かすかに震えていた。オリバーの肩に手を乗せることはできたものの、それから先の仕草に進むことはできないでいるらしい。

だからこそ、シャーロットは出過ぎたことだと思いながらも、言わずにはいられなかった。

「もう、……抱きしめても大丈夫よ」

王はオリバーを抱きしめたがっているし、オリバーも抱きしめられたがっている。

それが近くにいるシャーロットにはわかる。だけど、二人は見えない壁に拒まれているかのように、できずにいた。それが歯がゆかった。

王はハッとしたように、シャーロットを見た。オリバーもシャーロットを見る。二人の視線を浴びせられて緊張したが、ここが踏ん張りどころだ。

シャーロットは勇気を振り絞って、オリバーに言ってみる。

「ほら。……もう抱きしめられても大丈夫だって、……おじいさまに伝えなきゃ」

オリバーはその言葉に小さくうなずいた。

オリバーは祖父に視線を移して、泣きだしそうな顔をしながらも、声を振り絞る。

「僕は丈夫に育ちました。今なら、抱きしめられても、……大丈夫です」

声はひどく震えていた。

その孫の言葉に、王の心はひどく揺るがされたらしい。いかめしい王としての表情が不意に崩れ、泣き笑いに似た表情になる。

「そうか。そうじゃな」

王は肩にあった手を移動させ、オリバーを思いっきり抱きしめた。

十歳の身体は、小さくて頼りない。だけど、これから大きくなる可能性に満ちている。

その肩を王は両手で抱きこみ、頬ずりした。愛しげに漏らした声が、シャーロットの耳まで届く。

「おぬしは、いつの間にか、こんなにも大きく、頑丈になったのじゃな」

王の中にあった悲しみが、喜びへと変わったようだった。

王の身体を支えながら、オリバーは誇らしげに顔を上げた。

二人の抱擁を無言で見守っていたクリストファーが、シャーロットに寄り添って、手をぎゅっと握ってくれる。

よくやった、と言いたげな表情に、シャーロットも誇らしい気分になった。

——良かったわ……。

こんなことでもなければ、抱擁しあうことができなかった二人かもしれない。

王に抱きすくめられているオリバーの身体が、小刻みに震えていることにシャーロットは気づいた。

しゃくりあげるような息づかいも聞こえてくる。

ずっと祖父に愛されていないとばかり思いこんでいたオリバーだったからこそ、初めてこんなふうに抱きしめられ、嬉しくてたまらないのかもしれない。そう思うと、シャーロットもつられてもらい泣きしそうになった。

オリバーの涙が収まるまで、王はひたすらその身体を抱いていた。ようやくオリバーが落ち着いたと見て、王はあやすようにその肩を叩いた。

だが、オリバーが泣き顔を見せたくないはず、と見抜いているのか、その顔を胸に抱きこむように抱きしめたままだ。それから、王はぐるりと墓地を見回した。

「わしが猫公爵に会ったのが、この墓地じゃ。失意で空っぽになっていたわしに、猫公爵のほうから近づいてきた。わしの手をぺろぺろと舐めて、……可愛くてな。猫公爵の身体を抱いたら、そのぬくもりにとめどなく涙があふれた。もうわしは、誰かに触れてはならぬ。愛しい相手に触れて、その相手を殺してはならぬ。そう思っていただけに、そのぬくもりがたまらなく胸に染みた。この後一生、猫公爵だけを抱いて、生きようと思った」

親しい人を大勢亡くした後だけに、猫公爵だけが慰めになったのは理解できた。

猫が相手なら、流行病を移すことはないはずだ。王はこれ以上、親しい人間を失うことに耐えられなかったのだ。残ったオリバーや、クリストファーまで失うことに怯えていた。

——そう、……よね、たぶん。

雲の上の存在だと思っていた国王陛下の、当時の苦しさが理解できたような気がして、シャーロットは目頭を熱くする。

そのとき、王がクリストファーを振り返った。

「クリストファー。赤い首輪の猫公爵がどこにいるか、おぬしは本当に知らんのか？」

不意に王に問われて、クリストファーが戸惑っているのがわかった。

だがクリストファーは、すぐさま動揺を収めて口を開いた。

「猫はいくら人に愛玩されていたとしても、死に際に姿を消すと聞いております。弱っている姿を、見せたくはないのでしょう。猫公爵が王に飼われる前にここにいたというのなら、馴染みのある墓所で息を引き取る可能性は高いと思われます」

王はその言葉を受けて、深くうなずいた。

「そうじゃな。わしもそう思った」

ようやく、どうして王がここにやってきたのか、シャーロットにもわかった。ここは猫公爵と王が出会った場所なのだ。

王は自分が引き連れてきた者たちを見回した。

「皆で、猫公爵を探してくれ」

その言葉に、その場にいた者たちが墓地のあちらこちらに散っていく。

シャーロットもクリストファーと一緒に、猫公爵を探して墓地を歩き始めた。

猫公爵は、やはりクリストファーではないらしい。それに、赤い首輪と、白い首輪の意味もわからない。

それでも、墓石の後ろを探し、茂みの影に目を凝らす。

猫公爵が生きていることを願いながらも、すでに動かないものも探していた。それは、猫公爵を探す他の人々も一緒だったかもしれない。

しばらくして、墓地の一角が騒がしくなった。シャーロットは立ち止まり、そちらのほうをうかがい見た。見つかった、と聞こえてきたので、クリストファーと一緒にそちらに向かうことにする。

数人の兵たちが墓地の一角で、何かを確認するように動いているのがわかった。足を速めると、兵の一人が二人を見つけて、声をかけてきた。

「いらっしゃいました。猫公爵が、あちらへ」

シャーロットの背がぞくりと震えた。その声音からは、生きている猫公爵を見つけた、という喜びが感じられなかったからだ。

王も先に駆けつけており、その傍らにオリバーもいた。

シャーロットは示された茂みの影に視線を移す。そこには何も見えなかったが、王がその前で屈みこみ、何かを外すのがわかる。

——首輪だわ……！

それは、くすんだ赤い色をしていた。

その色合いに、シャーロットは違和感を抱いた。これが、何かと話題に出てきた赤い首輪だろうか。だが、シャーロットが知っていた猫公爵がつけていたのは、白い首輪だ。赤い首輪をつけていたことは、なかったはずだ。

——どういうことなの？

赤い首輪に、白い首輪。わけがわからない。

だが、王は何ら違和感を抱いていないらしく、しばらく外した赤い首輪を眺め、茂みの前で長いこと座りこんでいた。それから、近衛隊長のほうを振り返った。

「丁重に、葬ってくれないか」

「は」

彼がうなずき、兵がその茂みに近づく。

シャーロットはぼんやりとその動きを見守っていたが、納得できない。

「首輪の色が違うわ。あれは、猫公爵ではないわ」

なんだかこの事態が、自分を取り残して進んでいるような気がしてならない。理解できないまどろっこしさばかりが募る。

　クリストファーはそっとささやいた。

「猫公爵は、二匹いるんだ。一代目の猫公爵は、赤い首輪。……ずっと陛下をお慰めしてきた猫だ。君が世話してくれたのは、白い首輪の二代目猫公爵。……一代目が不意にいなくなったので、……その身代わりとして、仕立てあげられた猫」

「二代、目……？」

　そんなことを聞かされたのは初めてだった。

　どうしてそんなことをしたのだろうか。王はそれを知っているのだろうか。

　そんなことを考えたとき、意外なほどすぐそばから、王の声が聞こえた。

「猫公爵がいなくなったのを、おぬしがわしに隠していたのは、どうしてじゃ？」

　その問いかけに、シャーロットはビクッと震えた。

　王に黙って、クリストファーは二代目猫公爵を身代わりに仕立てあげていたということなのだろうか。そんなことが、許されるのだろうか。

　クリストファーが答えるよりも先に、オリバーが厳しい声で糾弾した。

「そうだ！　おじいさま。この後見人は、猫公爵がいなくなったのを隠していたんです！　僕は知っています。おじいさまを謀《たばか》ったこの男に、重い罰を……！」

　オリバーがどうしてクリストファーを断罪するようなことを言うのか、わからなかった。だが、その理由はすぐに思い当たった。

――オリバーとクリストファーは、うまくいってないって聞いたわ。

クリストファーは病床にある国王の代理として、政務も司っている。そんなクリストファーに、オリバーは王位を脅かされると考えているのだと家令は言っていた。

だが、すぐに王が取りなすように口を開いた。

「クリストファーは猫公爵の後見人だ。彼に猫公爵を託したのは、それだけ大切にしてもらえると信じたからじゃ。事実、猫公爵はクリストファーの元で幸せに生きた。クリストファーが二代目猫公爵を身代わりに仕立てあげたのは、猫公爵がいなくなったら、わしがひどく気落ちすると思ってのことじゃろう。よくわかっておる。首輪の色を赤と白の二つに分けたのも、これは以前の猫公爵ではないということを、言外に伝えるためじゃろう。わかっておるよ」

その王の言葉で、クリストファーのおとがめなしが決まった。

兵たちが警戒を解いた気配がある。

だが、王はそんな敵意に満ちた言葉を発したオリバーのほうが、気になるようだ。

孫に向き直り、そっとその肩に手を回しながら言った。

「オリバーや。王というものは、常におおらかな心を持たねばならぬ。国の法は定まっておるが、人が法に反したときであっても、その背後にある思いを読み取らねばならぬ。おまえは、クリストファーに重い罪を与えろと言った。そんなことを口にしたのは、どうしてじゃ？」

オリバーがその言葉に追い詰められ、うつむいて、身体の脇に垂らしていた手をぎゅっと握りしめたのがわかった。

何も答えられずにいたオリバーを、取りなしたのはクリストファーだ。

「オリバー殿下は、ずっと寂しさを感じておいでだったのです。陛下は家族を失った悲しみを、猫公爵で癒やされた。ですが、オリバー殿下は何一つ自分を慰めるすべを知らず、陛下に抱きしめられることもなく、十年という長いときを過ごしてこられた」

その言葉に、オリバーはクリストファーをにらみつけた。だが、すぐにその表情は崩れる。

敵に情けをかけられて、どんな顔をしていいのかわからないのかもしれない。

だが、それよりもクリストファーの言葉は、王の胸に響いたようだ。オリバーの顔を、自分に胸に埋めるように愛しげに抱きしめた。

「そうか。わしがおぬしを避けてきたのは、万が一にも流行病になってはならないという恐れからじゃ。病が癒えてからも、わしの身体に何か悪いものが、……愛しいものを死に追いやる病が、巣くっているような感覚が長いこと消えなんだ。それが怖くて、人に会うこともできなくなった。……怯えていたのじゃよ。何よりも大切な孫を、守りたかった。わしがおぬしを避けていたのは、そのせいじゃ。じゃが、それがおぬしに、寂しい思いをさせることになったとは」

オリバーは黙って祖父の胸に顔を埋めていたが、ぐす、と鼻をすするような音が聞こえた。

その直後に、声を上げてしがみつく。

そんなオリバーの涙が収まるのを待って、王はうなずいて一同解散の合図を発し、その場から去って行く。

一件落着のようだ。シャーロットの身体から、力が抜けた。

兵たちは猫公爵の遺体を丁寧に箱に収めて、運び出している。

それを見守った後で、クリストファーはぐるりと周囲を見回し、さて、とつぶやいた。

「もうちょっと、付き合ってくれる？」

その言葉は、シャーロットに向けてのものらしい。

もちろん、否はない。白い首輪と赤い首輪の謎も解けた。だが、あと一つ疑問が残っている。

――クリストファーのことよ。猫公爵と同一の存在じゃないのなら、どうして私を猫公爵のお世話係にしたの？　秘密を守るためじゃなかったの？

教会の墓地から宮殿に向けて、クリストファーと一緒に引き返す。

だが、それを聞く間もなく、クリストファーは教会を出てから、そう遠くない回廊の途中で足を止めた。教会と宮殿をつなぐ長い回廊にはところどころに休憩用のスペースがあり、そこには椅子やベンチが置かれていた。

回廊の見事な装飾や、そこから見える庭のほうに、シャーロットは意識を奪われていたが、クリストファーの視線はその回廊の柱の陰にぴたりと向いていた。

そこに何かの気配があるらしい。クリストファーは無言でそちらに向かったので、シャーロットもその後を追った。

近づくにつれて、そこにいる人の姿が見えた。

何か物言いたげな気配で、そこに立ちつくしていたのはオリバーだ。クリストファーはオリバーの前で立ち止まると、柔らかく声をかけた。

「オリバー殿下。僕に何か話したいことがあるようですね。一代目猫公爵は見つかりましたが、二代目猫公爵の行方について、君が知ってるんじゃないかな、って僕は思っているんですが」

――え？

その言葉に、シャーロットは驚いた。二代目の猫公爵も死んだはずだ。どうしてオリバーがその行方を知っていると、クリストファーは思うのだろうか。もしかして、さきほどオリバーが過敏すぎる反応をしたこととと、何か関係があるのか。

「何で、それを」

図星だったらしく、オリバーの顔から血の気が引いていく。まだオリバーは幼すぎて、感情を隠すことができないようだ。

そんなオリバーを涼やかに見下ろして、クリストファーは柔らかく微笑んだ。

「君が僕に王位を奪われるんじゃないかって思っているのは、薄々感じていました。だけど、それは根も葉もない妄言です。国王陛下は君に王位を譲ると決めているし、僕も王位が欲しいなんて欠片《かけら》も思っておりません。国王陛下が君をとても愛しているってことは、さきほど、君もよく実感したはずですし」

「……っ」

オリバーはくっと唇を噛んだ。先ほどの慈愛に満ちた王からの抱擁を思えば、孫に深く愛情を抱いているのが実感できたからだろう。

オリバーが何も言えないでいるのを察したのか、クリストファーがさらに言う。

「君の側近のジョンが良くありませんね。さも君の味方であるようなふりをして、ろくでもないことばかり吹きこんでいます。権力には、ろくでもない人々が群がります。そのことを、君も早いうちに知っておいたほうがいい」

「ジョンの悪口を言うな……！」

オリバーは顔を真っ赤にして怒鳴った。

だが、クリストファーが振り返って合図を送ると、回廊の端から兵に捕縛された若い男が引き出される。それは、教会に行くときに、クリストファーに強引に同行させられていた従僕だ。

「オリバーさま……！　私には、何が何だか」

そんなふうに訴えたからには、その男がジョンなのだろうか。クリストファーは従僕の叫びには耳を貸さず、兵から受け取った袋の中身をオリバーに見せた。

そこにあったのは、高価そうな装身具だ。指輪に首飾り、短刀。質の良さそうな手袋にハン

カチ。どれも、かなりの価値はありそうだ。

　それらを見た途端、オリバーが顔色を変えた。

「これは……いつの間にか、僕の部屋からなくなったものだ。どこかで見ていないか、おまえに聞いたのに！」

「これは、ジョンが君から盗んで、こっそり売り払っていたものの一部です。王家の紋章がついていたので、そこから足がついて、近衛が内偵を始めておりました。やはり、この男が盗んだものなんですね」

「間違いない。……僕の、……母さまの形見の品まで」

　オリバーは信じられないような顔で、ジョンを見た。よっぽど信頼していたようだ。ジョンはそのような証拠を押さえられたら終わりだと観念したのか、一度もオリバーとは視線を合わさず、そのまま兵たちに引きずられていった。

　側近に裏切られたことで、オリバーは動揺を隠せない様子だった。

　そのオリバーに、クリストファーが話しかける。

「今回の騒動は、君……というか、ジョンが仕組んだものですよね？　盗みの件で、近衛隊から相談を持ちかけられたので、僕は従僕を君の屋敷の召使いとして、忍びこませました。その者が、君とジョンが猫公爵の誘拐を企んでいたことを聞いておりましたし、ジョンが僕の悪口をさんざん吹きこんでいたことも、知っています」

その言葉に、ますますオリバーは追い詰められた顔になった。血の気が引いて、今にも叫びだしそうな態度に見えた。それでもどうにか踏みとどまっているのは、矜持《きょうじ》ゆえだろう。

「ジョンは、……おまえが僕から、……王位を奪おうとしているって言ってたんだ」

「前々から、ジョンは君にそう思わせてきたようですね。屋敷の中で、君が信頼している側近を次々と盗みの容疑をかけて追い出し、君を孤立させて。誰も信じられないようにしていったのです」

それは図星だったらしく、オリバーの顔からますます血の気が引いていく。

「……すべて、ジョンが仕組んだことなのか？」

「ええ。後で、君の屋敷から追放された人々と、話をする機会を設けましょう。一様に、ジョンに追い出されたと言うでしょう。ジョンがしたことについて、語ってくれるはずです。ジョンは君を不安にさせて、ねたみそねみの感情を刺激し、孤立させることで、操ろうとしていたんです。よくある手ですよ。権力のある人間には、そうやって取り入ろうとする者が近づきます」

クリストファーは見てきたように話す。もしかしたら、彼にも苦い経験があるのだろうか。

青ざめたオリバーの唇が、何かを訴えるように動いた。その声にならない叫びを受け止めて、クリストファーが言った。

「ジョンといても、楽しくも何もなかったでしょう？　毎日が苦しくて、この世界の中でだんだんと自分の居場所が失われていくような気がしたはずです。だけど、それは、君の本当の世界ではありません。だから、ジョンから離れて、こちら側においで。楽しいし、毎日が輝いて見えますよ。君のことを大切に思う人間が、大勢います」

その言葉とともに、クリストファーが少年の肩を抱きこんだ。オリバーはシャーロットのほうを向いていたので、抱きしめられて救われたような顔をしたのが印象的だった。

祖父に拒まれ、クリストファーにもひたすら敵意を抱いて毎日を過ごすのは、この十歳の少年にとっては負担だったのだ。

オリバーがあえぐように言った。

「猫公爵は、無事だ。赤い首輪じゃなくて、白い首輪のほう。ジョンが仕組んだんだ。猫公爵が死んだと見せかければ、監督不行き届きで、カーク公はこの国から追放になると。そうなれば、王位は安泰だと」

あと少しで、そうなるところだった。

そう思うと、シャーロットはゾッとする。

国王陛下が現れて、事態を正しい形に戻さなかったら、クリストファーが国外に追放されることもあり得たのではないだろうか。

「だけど、僕は反対したんだ。猫公爵が前の猫公爵じゃないような気はしていた。……事実、猫公爵は一代目と二代目がいて、あなたが勝手にすり替えたものだった。……だけど、猫を殺すのは絶対に許せなかった。だから、猫公爵は無事だ。燃やしたのは、首輪だけだ。浮浪者に金をつかませて、これを持って兵の前をうろつけとジョンが命じてた」

「あなたが猫のことをお好きだと、わかっているわよ」

シャーロットは思わず口を挟んだ。

猫公爵と遊んでいたオリバーを見ていれば、どれだけ猫を愛しく思っていたのか伝わる。一代目の猫公爵は抱いたこともなかったのに、二代目と違うと、オリバーはすぐにわかったほどなのだ。

オリバーはシャーロットのほうを向いて、言ってきた。

「二代目猫公爵は、うちにいる。好きなだけ撫でてしまった。もふもふした。最高だった。いっぱいご飯も食べさせた。可愛かった。……心配させて、本当にすまなかった」

素直に詫《わ》びてくれるのが、嬉しい。だからこそ、シャーロットも許すことができた。

「いいのよ。猫公爵が無事なら！」

すぐにでも迎えに行きたい。

慣れない場所で、猫公爵は不安になってはいないだろうか。

オリバーは心配そうに、クリストファーに視線を戻した。

「二代目猫公爵は寿命で亡くなっているのがわかったけど、……二代目でも、猫公爵の地位を継げるのか?」

「それは、陛下のお心次第です」

その言葉に、オリバーの目が輝いた。

「継げるように、おじいさまに頼んでおく！」

「それがよろしいですよね。後ほど、お部屋に猫公爵をお迎えに参ります」

「できれば、明日にしてくれ。今夜も猫公爵と遊びたい」

ねだるようにクリストファーを見た後で、オリバーはその目をシャーロットに向ける。ここの選択権はシャーロットにあると見抜いたのだろう。いつものツンとした態度と違って、潤んだ目に見つめられると、シャーロットは拒否しきれない。

——あざといわ。……可愛いわ、オリバーも。

「わ、……わかったわ。明日でいいわ」

仕方なく口にすると、クリストファーが続けた。

「猫公爵を迎えに行った後で、とっておきの宝物があるところに一緒に行きましょう」

「とっておきの宝物とは、何だ？」

「私の友人の伯爵家で、猫の子が生まれたそうです。たくさんいるので、引き取り手を探しているようですから、一緒に行ってみませんか」

そんなクリストファーの提案に、オリバーは目を輝かせた。

「行く！　どんな猫だ？」

「白くて、ふわふわしていて、最高に可愛いですよ」

では明日、猫公爵を迎えに行くと約束すると、オリバーはホッとした顔で二人と離れた。憑《つ》きものが落ちたような顔をしている。ずっと心の中にあった懸案事項がなくなって、すっきりしたみたいだ。

これからはオリバーとクリストファーは、新しい猫の子が仲介してくれることで、うまくいきそうな気がした。そう思うと、シャーロットはホッとする。

だけど、あと一つ、最大の問題があるのだ。

シャーロットはカーク邸に戻った後で、応接室のドアを閉じた。すでに猫公爵が見つかったという知らせが届いていたのか、屋敷の中は普段の落ち着きを取り戻している。

クリストファーが返答をごまかすことがないように、ドアを背にして腕を組んだ。

絶対に真実を聞き出すまでは引かない、という覚悟で見つめると、それを感じ取ったのか、クリストファーが軽く肩をすくめた。

「何だろう。怖いな」

「ずっと、あなたのことを猫公爵だって思ってきたわ。だけど、そうじゃないなんて、どういうことなの？」

猫公爵と同じ、銀色の髪。最初にクリストファーが猫公爵と重なったのは、その色彩からだ。

気高い猫が人に化身したような、美しい顔立ちに、しなやかな身のこなし。瞳の虹彩《こうさい》も猫公爵と同じだというのに、クリストファーは猫公爵ではないのだ。

「ごめんね。何度か、言おうとしたんだ。だけど、君があまりに無邪気に信じこんでいたから、……それを信じている君が愛しくて、言えなかった」

おとぎ話の世界にいたのはシャーロットだけで、クリストファーはそうでなかったというのだろうか。

国王陛下は、いつまでもおとぎ話の中にはいられないと言っていた。少女は大人になるのだと。わしもそろそろ現実に立ち向かわなければならんころだと。その言葉が胸に染みる。

夢は夢として、現実を見るべきときかもしれない。

それでも、信じていたかった。世界の誰もが信じなくても、ひたむきに信じることで、何かが生まれるのではないかと信じていた。

「だって」

言いかけた言葉は、涙で中断される。

粒の涙がぽろぽろと頬に落ちた。嗚咽《おえつ》をこらえて、シャーロットは必死で訴えた。

「……私だけが、……秘密を知っていると、……思っていたのに」

引っかかっていたのは、そこだった。

クリストファーと自分だけの、大切な秘密。彼とその秘密を共有していることで、特別な親密さを覚えていた。それを失ってしまったら、自分は彼の大切な存在ではなくなってしまうような不安すらある。

涙で顔が上げられなくなってうつむくと、そんなシャーロットをクリストファーが正面から抱き寄せた。

「ごめんね。僕は猫公爵ではないんだ。だけど、そんな嘘をついたことを、今ほど後悔したことはないよ。僕を見る君の目が楽しそうで、嬉しそうで、君の目に特別に見えたくて、……嘘をついた」

「特別、に？」

涙を流しながら、シャーロットは問いただしてみる。

クリストファーはシャーロットにとって、いつでも特別な存在だ。まばゆいほどに輝いている。彼が猫公爵ではなかったからといって、その輝きが失われることはない。

「出会ったとき、僕が猫公爵だと無邪気に信じこんでいたのが、とても可愛かった。君と一緒にいれば、僕も夢を見られるような気がした」

「夢、を……？」

猫公爵の件で、おとぎ話と現実の区別ができなかった自分は、子供すぎると思っていた。

だが、夢を見るのは、悪いことではないのだろうか。

「あなたは、夢を、……見ないの？」

クリストファーの胸から顔を上げて、シャーロットは尋ねた。クリストファーはシャーロットの目には果てしなく自由で、気ままに毎日を送っているように見えていた。

「ああ。十年前に家族を奪われたときから、僕に突きつけられたのは、過酷な現実だった。王の一族は十年前の出来事によって、一気に数が減った。だから、代わりにこの国を乗っ取ろうとする策動も、いくつかあったんだ。それらを見抜いて、暴いては潰すことばかりに心が奪われていた。宮廷での駆け引きや、勢力を拮抗《きっこう》させることばかりに没頭していた。夢を見る暇なんてなかった」

優雅に見える宮廷だが、権力を巡っての争いがあるらしい。

先ほどクリストファーがオリバーと話しているときに、権力には甘い蜜を吸おうとろくでもないものが群がると、実感をこめて語っていたことを思い出す。それらの敵対勢力から、クリストファーは王とオリバーを守ってきたのだ。

「……大変、だったのね」

ようやく、シャーロットは全身から力を抜いて、クリストファーに体重を預けることができた。そんな彼の疲れを和らげてあげたい。

「僕が猫公爵だと無邪気に信じこんでいる君と一緒にいるときには、ろくでもないことを考えずにすんだ。すり減った心や気持ちが、……君といると癒やされる。それが、君が持つ夢見る力だよ。最初はね、公爵のお世話係として、君を必要としていた。一代目の猫公爵が行方不明になったので、必死になって探してみたら、二代目の猫公爵が見つかったんだ。一目で別の猫だとわかったけど、外見上はとてもよく似ていた。陛下にはまだまだ猫が必要だと思ったので、その猫を身代わりにすることにしたんだ」

明かされていく真相を、シャーロットは一言も聞きもらすまいと、集中して聞く。

「陛下が見抜いた通り、首輪の色を変えて、これは別の猫です、と伝わるようにしておいた。二代目猫公爵は、人に懐かなくてね。中庭にいてもらうためには、君が必要だった」

「可愛かったわね、猫公爵。陛下と初めてお会いしたときには、もう猫公爵は陛下に懐いていたわよ」

「人によって、好き嫌いが激しいみたいだね。僕にはなかなか懐いてくれなくて、君に初めて会ったときには、引っかかれてた」

「今は？」

「どうにか、和解したよ。だけど、君と仲良くしていると、猫公爵はヤキモチを焼くから」

見上げた目に、クリストファーのキラキラした顔が見える。

猫公爵ではないとわかっているというのに、それでも銀色の髪や顔立ちは人間離れしているように思えてならない。顔を見つめているだけでも、猫公爵に会いたくてたまらなくなる。

「猫公爵に、……早く会いたいわ。今頃、オリバー殿下が猫公爵をもふもふしているのだと思うと、うらやましくて泣きそうよ」

ぽつりとつぶやくと、クリストファーは少しだけ傷心したかのように煙るような長いまつげを伏せた。

「渾身《こんしん》の告白をしているというのに、僕よりも猫公爵なのかな？　猫公爵ではないとわかった僕は、君にとって価値がない？」

「そんなことないわ」

シャーロットは慌てて言った。

「すごく素敵よ、あなたは」

その言葉に、クリストファーがホッとしたような表情を浮かべるので、シャーロットもつられて笑った。彼は猫みたいな弧を描く笑顔が、本当に素敵なのだ。こんなにも麗しい人が、自分の言葉に左右されるのが不思議だった。それくらい、シャーロットのことを大切に思ってくれているのだろうか。

「だったら、勇気を振り絞って告白しよう。結婚してくれる？」

その言葉に、どきんと鼓動が大きく乱れた。再び求婚されることを、ずっと待っていたのだ。

「もちろんよ！」

シャーロットは力いっぱい言った
クリストファーが感極まったかのように、シャーロットをぎゅうっと抱きしめてくる。その腕にこめられた力に、クリストファーがどれだけこれを望んでいたのかが伝わってきて、たまらなく鼓動が高まった。

「うちは貧乏なんだけど、それでもいいの？」

心配になって言ってみると、クリストファーはようやく腕を解いた。満面の笑みを浮かべて言ってくる。

「もちろん。スゲイトン男爵家の飢餓のときの行動を、ずっと尊敬していたんだ。なんとか手を差し伸べたいと思っていたから、この機会がむしろありがたい」

「それに、国王陛下の、許可を取らないと」

「そうだな。それが大問題だ」

問題だと言いながらも、クリストファーの嬉しそうな表情はまるで崩れない。

「許可は難しそうなの？」

「まともに陛下とお会いできて、話ができたのは今日が久しぶりなんだ。君が陛下と中庭で会っているのに気づいたのと、オリバー殿下とその従者がろくでもないことを企んでいるのを嗅ぎつけたことで、今回の一連の筋書きを作ってみたんだけど」

「え？　あなた、全部知ってたの？」

「君が言ったんだよ。陛下がオリバー殿下を抱きしめられるように、あなたからも口添えしてもらえない？　って」

「そ、そうだけど」

「陛下とオリバー殿下を和解させることは、長年の課題だった。だけど、どうすればいいのかわからなくて、ずっと手をこまねいていたんだ。このまま、オリバー殿下が陛下と和解することなく、陛下が崩御されることになったら、後々、大変なことになる。人を信じられず、愛されることを知らない王が、この国を統べることになるんだ」

出会ったころのオリバーは、ひねくれて意地悪だった。あの心根のまま戴冠したら、いろいろ困ったことになっていただろう。

「だから、従者の企みを利用して、近衛隊長とも協力して仕掛けることになった。何より猫公爵の身の保全が問題だった。だけど、オリバーは猫が大好きで、従者相手に、本気で命じてたよ。『絶対に、猫公爵を傷つけるのは許さない』ってね。だから、そこは安心できた」

「あなたが捕まって、牢に入れられたから、すごく心配したのよ？」

そのときのことを思い出しただけで、今でも身体が冷たくなるほどだ。ひどい目に遭っていないか、寒かったり、ひもじかったりしていないか、とても心配だった。

身じろいだシャーロットを、クリストファーはますます強く抱きこんだ。

「すまなかった。……だが、すべてはうまくいった。陛下はたぶん、途中から全部お見通しだったんだろうね。賢い人だから、こちらが考えていた以上に、役割を果たしてくれたよ。……ずっとできなかった陛下とオリバーとの和解がかなったのは、すべて君のおかげだ、シャーロット」

じんわりと、その言葉が胸に染みこむ。

自分に何かができたわけではない。むしろ、すべてはクリストファーが描いた筋書きの通りなのだ。彼がジョンの悪行を見抜いていなければ、シャーロットは猫公爵の監督不行き届きで罰せられていただろう。

だけど、何も反論しなくていいとばかりに、クリストファーがシャーロットの頭のてっぺんに頬をすり寄せる。

昨夜、二人は離ればなれだった。シャーロットがクリストファーのことを思って泣き、眠れない夜を過ごしたように、クリストファーもシャーロットと一緒にいられなかったことを寂しく思ってくれただろうか。

「婚約が決まったら、早々にスゲイトン男爵家に金銭的な救援を出そう。先の飢饉のときには、僕の力が及ばず、国中のすべての民を救うことができなかったことを、心苦しく思っていた。スゲイトン男爵の行動に、僕は頭を殴られたような気がしたよ。そこまでやるべきだったって。飢饉のときには、良き領主だけが苦しむことがないような仕組みも、作りたいと思っている。その仕組みを作るためにも、スゲイトン男爵には国政に関わってもらいたいな」

父がずっと政治の、勉強をしているのは知っていた。あの飢餓のときから、国中の民が餓えないですむような仕組みについて、諸外国の例も参考にして考え続けているらしい。それが、もしかしたら役に立つかもしれない。

「それは、オリバー殿下次第じゃない?」

彼は良き国王になれるだろうか。

まだまだ、そのあたりは未知数だと思うしかない。だけど、クリストファーなら良き導き手になれるはずだ。先の飢饉のときにはまだすべての民を救うことはかなわなかったとしても、それを教訓にして、次のときには。

「そうだな。良き国王になれるように、オリバーを導かなければ」

「オリバー殿下は、賢い子だわ。周囲の人が入れ替われば、きっと良くなれるわ」

「そうなるように祈ろう。——それでね」

クリストファーは抱擁を緩め、シャーロットの顔をのぞきこんできた。

「さっきの求婚を、受け入れてくれてありがとう」

その言葉とともに、そっと口づけてくる。ずっとそうしたくてたまらなかった態度に見えた。猫がじゃれつくような仕草に、シャーロットも笑ってキスを受け止めずにはいられない。クリストファーが猫公爵ではないことはわかったのに、それでも彼の態度はやっぱり猫っぽい。

——だけど、猫ちゃん、大好きだから。

キスを繰り返し、その綺麗な顔がすぐそばにあるのを認識するたびにドキドキする。

キスが甘すぎて、シャーロットのほうからもその首の後ろに腕を回し、抱きつかずにはいられなかった。

たっぷりとキスを受けて、ふわふわした気分でシャーロットは目を開ける。

そこにいるクリストファーが猫公爵だろうが人だろうが、どっちでもいいと思えた。

それにクリストファーが猫だったら、生まれてくる子供が猫なのか人なのか心配しないといけない。子猫が産まれたら、人にどう変身するのかも教えないとならないから大変だ。

そんなことを考えていると、クリストファーの柔らかな声が聞こえてきた。

「また、夢見る目をしてる」

「あなたとの子供のことを、考えていたのよ」

きっと可愛い子供が生まれるに違いない。そのことを考えただけで、早くその子に出会いたくなった。

賑《にぎ》やかな家を作りたい。

クリストファーが寂しいなんて、感じる余地もないほどに。


バスタブに入れたシャーロットを、クリストファーは優しく洗ってくれた。泡を何度も胸元に擦りつけられたから、いつの間にか両手でバスタブの縁をぎゅっと握りしめている。そうしないと身体がお湯の中に沈んでしまうような気がするくらい、全身が甘くとろけていたからだ。

バスタブの外側に座ったクリストファーが、シャーロットの背後から手を回して、胸ばかり洗うせいだ。

「そんなに洗ったって、何も出ないわよ」

「そうかな。ここは刺激すればするほど、大きくなるって聞いている。まぁ、効果がなくとも、触り心地がとてもいい」

そんなふうに言われながら、ふにふにとその膨らみを愛でられる。

シャーロットの胸は、まだまだ未成熟だ。それでもクリストファーは青いその果実を堪能するように、背後から手を這《は》わせてくる。

乳首ではすごく感じるものの、胸全体ではくすぐったいばかりだった。だが、だんだんとそのくすぐったさが、他の感覚に変わりつつある。

揉みこまれるたびに、指が不規則に乳首に触れるからかもしれない。

クリストファーはまずは髪から洗ってくれたから、その髪は頭上にまとめられている。だけど、その次に触れられたのは胸元だった。

「っん。……は……」

最初のころに侍女はいたが、すでにその姿はバスルームにない。ここにいるのは、バスタブで泡だらけになっているシャーロットと、上着を脱ぎ、シャツの腕をまくり上げているクリストファーだけだ。

胸だけではなく、肩や腹や背中にもたっぷりと泡を塗りつけられ、残るのは下半身になった。

胸を洗われたことで、濃厚な泡をからめて洗われるとどれだけ感じるのか想像できるようになってきたシャーロットは、慌てて言った。

「いいわ。後は自分で――」

「いや。最後までやらせて欲しい」

キリッとした声と顔で言われた後で、クリストファーの手が片方だけ胸元から外れて、足の間へと移動していく。シャーロットはバスタブに座り、クリストファーはその背後にあたるバスタブの外から手を伸ばしている。

湯はおへそのあたりまでしかたまっていない。まずは身体を洗うから、湯の量は少なめだった。沸かしたお湯が、隣に置かれた大桶の中にたっぷり入っている。夏だから湯の量が少なくても寒くはなかったが、次にどこに触れられるのかと考えると気が気ではない。

指が花弁に届いた途端、シャボンの泡をからめた指がぬるっと大げさに滑った。ぞくっと感じて、シャーロットは息を詰める。

「ん！　……ぁっ」

「ここ、とてもぬるぬるしているね？」

クリストファーは意地悪なことを言うと、指先でそのぬるつきを泡に溶かした。

指をそこに感じたことで、またもや蜜があふれ出している。すでにシャーロットの身体がバスタブの湯で暖まり、感じることでさらに火照ってきているとわかったのか、クリストファーが腕を伸ばして、バスタブの栓を抜いた。

だんだんと湯が減っていく。だから、そろそろバスタブでのお遊びは終わりにして、この全身についた泡を洗い落とし、寝室に移動するのかと思っていた。だが、クリストファーはそんな気配を見せず、シャーロットの背後で床に膝をついたまま、耳元で優しくそそのかしてくる。

「足を、バスタブの縁にかけて」

「え？」

「両足を、……こうやってさ」

クリストファーの手が、シャーロットの膝をつかんで白いバスタブの縁にかけさせた。そんなふうにすると、足が大きく開いてしまう。

「もう片方も」

そのことに動じている間に、クリストファーは反対側の足もバスタブの縁にかけてしまった。バスタブは大きいから、小柄なシャーロットではお尻が下につかず、大きく足を開いた姿で浮いてしまう形になる。

「っう……きゃ……っ」

「大丈夫？　苦しくない？」

クリストファーがそんなことを言いながら、シャーロットの正面に移動した。

「くるしくは、……ない、けど……」

——恥ずかしいわ。

その角度から見られたらなおさら、今の姿に固まるしかない。肩幅以上に大きく足を開き、足の間をさらけ出している。だけど何かを言う間もなく、そこにクリストファーの手が伸ばされ、指が敏感な花弁のあたりを自在に上下した。

「ん、……は、……は、……ぁ、あ……」

この姿だと、クリストファーの指を防御しようがない。まともに、その指の動きを受け止めることになった。

まずは、シャボンの泡を塗りつけるように、クリストファーの指は動いた。濃密な泡と、体内から分泌される蜜が混じり合い、泡がますます粘度を増していく。その泡を指にからめて花弁をなぞられると、普段よりもダイレクトに快感を受け止めることになる。

気持ちよさに、身体から力が抜けていく。

「ん、……んぁ、……ぁ、……っあ……っ」

こんなにも感じやすくなっているのは、恥ずかしい格好をさせられているせいもある。

早くも、がくがくと腰が揺れてきた。胸に触れられたときから腰のあたりに蓄積されていた快感が、その源である花弁に触れられることで、一気に増幅されて全身へと響く。

だが、こんなことをされて浴室で達するのはとても恥ずかしいことのように思えて、シャーロットは懸命に我慢しようとした。だが、クリストファーはさらに身体を乗り出して、シャーロットのそこに指を這わす。

「いつでも、……達していいよ」

そんな言葉と同時に、シャーロットの身体をその本人よりも知った指が淫らにうごめいた。まだ中には指も入れられていないというのに、花弁をぬるぬるとなぞられるだけで、襞がうごめいた。泡がその指の動きをより繊細に伝えてくる、花弁を下から上へとなぞられるたびに、甘い息が漏れた。

さらけ出された花弁の隅々まで指は伸ばされ、特に反応を示したところに泡を塗りつけられる。

シャーロットの表情をひたすら見つめながら、クリストファーの指の動きはますます淫らなものになっていく。

指が留まったのは、花弁の上部にある突起の上だった。今まであまり触れてこなかったのに、それが嘘のように、集中的に刺激を与えてくる。

「つぁ、……っあ、……あ……っ」

ただ軽くなぞられただけでも、びくんと身体が跳ね上がるほど刺激が強いところだ。だから、そっと転がすように指の腹で触れられただけでも、がくがくと腰が揺れた。

「んん、……ぁあああああ……！」

足の間に、力が入っては抜ける。どうにかその急所を足を閉じることでガードしたいのに、それがかなわない。強烈な快感が身体を貫き、浮いたままの腰が何度も跳ね上がった。

「っんあ！」

次の瞬間、のけぞるようにしてシャーロットは絶頂に達した。自分の恥ずかしい部分をさらけ出しながらそうなることに、目がくらむほどの羞恥を覚える。だが、どうにも対処のしようがない。

「っぁ、……ぁ、……ああ、あ……っ」

硬直が解けるのに合わせて、全身から力が抜けていく。ずるっと足がバスタブの縁から落ち、身体がその底に沈んだ。

クリストファーがバスタブの横に移動してきて、準備してあった綺麗なお湯で、シャーロットの身体を洗い流してくれる。それから、吸水性のある大きな布でシャーロットの身体を包みこんでから、バスタブから抱き上げた。

こんなふうに扱われると、自分が子供になった気分になる。だけど、クリストファーの腕は安心できるものだったから、その胸にもたれて息を整えるしかない。

下ろされたのは、クリストファーの寝室のベッドだ。そこに大切そうに横たえられた。薄く目を開くと、乱れきったシャーロットの髪を下ろし、まだ濡れている髪を布で水分を拭い取りながら、クリストファーが聞いてきた。

「大丈夫？」

「ええ」

髪に触れられるのが、とても気持ちがいい。達した後の脱力感も相まって、そのまま眠ってしまいそうだ。

だけど、ふと意識が現実に戻ったのは、クリストファーが額に口づけたからだ。薄く目を開くと、すぐそばに彼の整った顔があった。ぼうっと見とれていると、目覚めたのを知ったのか、今度は唇にキスしてくる。

その柔らかでぞくぞくとするような感触に、また目を閉じた。

クリストファーの髪が顔に乱れかかっていて、それが少しくすぐったい。だけど、舌がからんでくると、そちらの感覚のほうにとらわれる。

舌を吸われ、口腔内を余すことなくなぞっていく舌先に、今まで知らない感覚を引き出された。

そのキスの最中にも、クリストファーの手が器用にシャーロットの胸元に伸び、そっとそこを揉みこんでくる。尖ったままの乳首がそのてのひらと擦れ、やわやわと手を動かされるだけで身体がすくみあがりそうなほど感じた。

キスを続けながら、クリストファーの手がさらに乳首を集中的になぶってくる。先ほど泡をからめてたっぷり刺激されていただけに、そんなふうにつままれると、甘ったるい快感が全身を駆け抜ける。どうしてもいちいち反応してしまう。

「つぁ、……ぁ、あ、あ……あ……っ」

「君のここ、舐めたかった。桜色で、いつもとても美味しい」

そんな言葉とともに、クリストファーの唇が乳首へと移動した。猫みたいに舌をたっぷり使って舐め上げられると、そこから全身が溶けていく。舌がうごめくたびに、中から蜜が恥ずかしいほどたっぷりとあふれ出す。

さきほど達したばかりだから、身体がことさら感じやすくなっているのかもしれない。

「つん、……ぁ」

どうにか反応せずにいたいのに、クリストファーはそれを許してくれない。乳首を集中的に舐めたかと思うと、乳房全体の輪郭をそっとなぞられ、さらに顔は脇まで伸びる。そんなところを舐められても気持ちがいいはずはないのに、どこでどんな感覚がつながってしまったのか、今はどこを舐められても乳首が凝るような感覚にさらされた。

唇が乳首に戻ってくると、一段とそこが感じやすくなっている。軽く甘噛みされるのがたまらなくて、下肢まで動いてしまう。

反対側の乳首に口が移動したのに合わせて、下のほうに手が伸びた。濡れた部分をまた指でなぞられ、気持ちよさに目を閉じる。

「つ、……きゃっ、あ……っ！」

だが、驚いた声を上げたのは、指がいきなり、ぬぬぬ、と入りこんできたからだ。

快感が背筋を駆け上がり、その指の刺激をもっと欲しがるように、ぎゅううっと締めつけてしまう。からみつく襞に逆らって、指が抜かれていく。

クリストファーがまた奥に指を押しこみながら、シャーロットの足を片方だけ折って抱えこんだ。

ゆっくりとした指の出し入れが繰り返される。

長くて関節がしっかりとした指が、熱い体内にずずっと入りこむ。その感触に、腰が浮くぐらい感じた。

「っぁ、……んぁ、あ……っ」

自分の身体が、こんなふうになるなんて知らなかった。だけど、何も考えられなくなるような忘我の時間が続く。

「いい顔してる」

クリストファーの声に、ハッとした。

指摘されたことで、自分がどれだけ気持ちのいい顔をさらしていたのかとわかって、恥ずかしくなる。

そのとき、指が奥まで入りこんだ。快感は受け止めるたびに大きくなるばかりで、かすかに眉を寄せ、口を半開きにしていないと、受け流せないほどだ。

「ん、……ん、ん……っ」

「中が僕の指を吸ってきてる」

「それ……？」

いいことなのか、悪いことなのか、シャーロットにはわからない。ぼんやりしながら聞くと、乳首にキスしながら言われた。

「すごく、僕が気持ちよくなれる反応。それを、君の身体がしてるってこと」

言葉の直後に指が二本に増やされ、その存在感の大きさにうめく。

クリストファーの指はただ差し入れしているだけではなく、より感じるところを探った。

ぬぷぬぷと、指が入れられては抜かれていく。気持ちよさは募るばかりで、ますます蜜があふれた。

「あっ、……ぁ、あ……っ」

ひく、と締めつけると、抜き差しがさらに激しくなり、快感が膨れ上がる。深いところまでえぐられるのが、たまらなかった。

「っあ、……ぁ、あ……あ……っぁ、あ……っ」

がくがくと腰が揺れた。また達しそうになっているのだと、シャーロットは予感する。だけど、自分だけではなく、クリストファーにも気持ちよくなって欲しい。そう思う気持ちが止まらず、あえぎながら訴えていた。

「っ、一緒、に……っ」

それに指では届かない奥のほうが疼いている。そこに届くのは、クリストファーのものだけだ。そのことを、シャーロットの身体はすでに知っていた。熱いもので満たされたい。シャーロットの訴えにそそられたらしく、指が抜け落ちるなり、早急な動きでそこに熱いものが押しつけられた。

「……ぁあああ……っぁ……っ！」

指とはまるで違う太くて大きなものが、濡れた襞を押し広げながら入ってくる。その強烈な感覚に、ざわっと肌が震えた。

それだけで達しそうになる。どうにか耐えたつもりだったのだが、最後に深くまで押しこまれたときの、バシンとした衝動に激しく身体が震え、絶頂へと導かれる。

「っぁあ！　……っぁあああ、……あ……っ」

がくがくと腰が跳ね上がるたびに、クリストファーのものに貫かれている襞の部分を自分で強烈に刺激することになる。それによってさらに快感が高まり、なかなか絶頂感が収まらない。まだその状態が終わっていないというのに、襞のうごめきに我慢できなくなったのか、クリストファーがゆっくり腰を動かし始めた。

「っあ、……んぁ！　……あ、あっ、ダメ、……待っ、て……」

「このまま、何度イけるか、試してみない？」

イっている最中だから、渾身の力でクリストファーのものを締めつけている。だからとても

動かしにくいはずなのに、彼の動きは、何にも妨げられることはないようだ。

「っん！　……ぁ、あ……っ、あ……っ」

達している最中での律動は、信じられないほどの新たな快感をシャーロットにもたらした。

刺激され続けてがくがくと腰が震え、襞のひくつきが収まらない。

粘膜に押しこまれ、抜かれる行為が、途轍《とてつ》もない快感をもたらしている。

「っ！　ぁ、……ぁんぁ、……んぁああ、……や、あ……っ」

悲鳴に似たシャーロットの声が、気持ちよすぎるためだと、クリストファーにはわかっているらしい。腰の動きは止まらず、よりシャーロットが感じるところをめがけて、大きなもので貫かれる。

感じるところをクリストファーの張り出した切っ先でえぐられて、全身がのけぞるほど感じた。

生理的な涙が漏れる。あえぎながら見上げると、ささやかれた。

「すごく、……気持ちいいよ。君も……そうだろ？」

生き物のようにからみつく襞は、与えられている以上の快感をクリストファーに返しているのだろうか。

そのあたりはわからなかったが、もはや快感から逃れられない。こんな快感を覚えてしまうのは怖いのに、クリストファーとずっとつながっていたい。

「あっ、あ、あ……っあ……っ」

　勝手に蜜があふれ、よりその動きをスムーズにさせる。ますます速く入ってくるもので、敏感な粘膜をひたすら刺激され続ける。

「……んぁ、……あ、あ……っ」

　感じきっているシャーロットの声や姿に、クリストファーも煽《あお》られているようだ。

　だんだんとその動きが、余裕を失っていく。突き上げの激しさにずり上がっていくシャーロットの腰をつかんでは引き戻し、奥までたたきつけてくる。その激しさが、愛おしくもあった。

　中のものがますます硬く大きくなっていって、シャーロットの身体を内側から押し広げる。隙間もなく、つながっていた。

「っあ！　……もう、……あっあ、あ……っ」

　動きを追えなくなるような激しい動きで奥にたたきつけられているうちに、シャーロットは一段と高い絶頂まで駆け上がった。

「っひ！　……ぁ、……ん……っ」

　イクのに合わせて痙攣が走り、ぎゅうぎゅうに中にある硬いものを締めつける。そんなシャーロットを抱きすくめて、クリストファーが奥のほうで弾けた。

「ン……っ」

　ぞくぞくとする身体の痺れが、なかなか落ち着かない。

これが何につながる行為なのか、だんだん理解できた気がする。夫婦のことをすると、子供を授かる。そのための、熱いしぶきだ。

脱力したクリストファーの、汗でしっとりと濡れた熱い身体を、シャーロットは全身で抱き止めた。

——大好き……。

ただ庭で会ったのがきっかけで、ここまで深い仲になるとは思っていなかった。

中にあったものを引き抜かれても、深い余韻が腰を痺れさせている。

薄く目を開くと、すぐそばからクリストファーがシャーロットを見ていた。猫公爵に似たキラキラとした光彩と、金色の透き通った瞳。

特に、にっこりと笑ったときの表情が好きだ。

一代目猫公爵は、寿命を全うした。二代目猫公爵はオリバーの家にかくまわれて無事だったし、クリストファーとシャーロットも幸せの真っ最中だ。

すべてはあるべきところに収まったような気がする。

子供もいつか、授かるだろうか。

まばゆいような気持ちとともに視線を向けると、クリストファーのキスが降ってきた。

大好きだと伝えてくるようなキスに、シャーロットは溺れる。

好きだという気持ちを、同じぐらいクリストファーに返してあげたくて、その首の後ろにしがみつき、その顔面にキスを降らせた。


ふわふわと、シャーロットは甘い夢を見る。

自分の周りに、たくさんの子猫がいた。みゃーみゃー鳴く子猫のお世話をしながら、シャーロットは一匹一匹の可愛さに溺れそうになる。

子猫にてんてこ舞いしながらふと顔を上げると、その奥から美しい毛並みを持った大人の猫がやってきた。クリストファーだ。

クリストファーはシャーロットに猫のまま頬ずりをすると、不意に人間の姿に変わった。

「わっ！」

その驚きに、シャーロットは目覚める。

すぐそばに銀色の毛並みがあったから、これは夢の続きかと思った。だけど、視線を巡らすと、見慣れた寝室の、ベッドの天蓋が見えたから、これは現実だとわかる。

シャーロットが目覚めたのを察したのか、クリストファーが腕を伸ばしてくる。

「まだ、朝じゃないよ」

半分眠りの中にあるような、柔らかな声だ。その声に誘われて、シャーロットは目を閉じた。

「そうね」

次に見た夢にも、たくさんの子猫が出てきた。もしかしたら、これは猫公爵の子なのだろうか。その子猫と一緒に遊ぶ、人間の子供の夢も見た。これは将来を暗示しているのかもしれない。

――猫公爵が子猫を産んで、私とクリストファーの子供と遊んでいるの？　素敵な夢だわ。

クリストファーは今でも猫ではないかという疑いが、シャーロットの中で消えていないのかもしれない。

子供には、いっぱいおとぎ話をしてあげよう。

そんなことを考えながら、ふわふわとした気持ちに包まれて、シャーロットは幸せな眠りに落ちたのだった。

あとがき

猫ねこもっふもふ！　なお話です。

担当さんと次作の打ち合わせをしているときに、『ヒロイン幼妻みたいなのもいいですね』って言われて、『幼妻！　幼妻！』とすごく興奮してしまい、今回の『ヒロインちゃん可愛い幼妻』なお話になりました。私、女子ならちびっこから老女までおいしくいただけるたちで、しかもそのタイプも多岐に、――つるぺたちゃんからたわわちゃんまで大好物なので、今回は幼妻テーマです。しかも、もっふもふの猫公爵をお世話する、お世話係のお話です。

お世話係！　言葉の響きだけでも、可愛い……！　ああもう、お世話係をするときには、可愛い服着せるよね……！　とここで、クリストファーの気持ちも代弁。

猫公爵の正体についてはすごく悩んで、このジャンルだと魔法とか、異種族もありな世界なので、いろいろバージョン違いのプロットも考えてみたのですが、最終的には『少女は恋をして大人になっていく』という感じが、自分としては一番しっくりきたので、そういう……――あっ、このあとがきから読んでいる人とかにはネタばれになってしまってはいけないので、このあたりで。

恋をするときには、試練もありなのですが、いつになく平和な話になってしまったのは、幼妻可愛い可愛いなのと、別の問題解決もあったからです。日常大変疲れることが満載なので、こういう話も息抜きに読んでいただければいいかな、と思っています。後半のラストに、猫公爵が出てこなかったことだけが、ちょっと残念……。代わりに、オリバーが猫公爵のもふもふ抱っこ一人チャレンジに初めて成功したところとか、最初は「匂い嗅ぐって?」って不思議に思っていたのに、試しにしてみたら魂抜かれるところとか、ご想像いただければと思います!

今回はゲラをしている最中に、表紙ラフをいただきました。本当に可愛い幼妻とクリストファーと猫公爵で、身もだえました。すがはらりゅう先生。この幼妻だったら、可愛がる以外に何も考えられない、途中で手も出す! と確信できました。ありがとうございます。

幼妻提案いただいた担当さまも、何よりこの本を読んでくださった皆様にも、心からの愛と感謝を捧げます。本当にありがとうございました。

花菱ななみ

Mitsuneko Label

蜜猫文庫をお買い上げいただきありがとうございます。
この作品を読んでのご意見・ご感想をお聞かせください。
あて先は下記の通りです。

〒102-0075 東京都千代田区三番町 8 番地 1 三番町東急ビル 6F
(株)竹書房　蜜猫文庫編集部
花菱ななみ先生 / すがはらりゅう先生

猫公爵様はお世話係を愛玩したくてたまらない

2022 年 4 月 29 日　初版第 1 刷発行

著　者　花菱ななみ　©HANABISHI Nanami 2022
発行者　後藤明信
発行所　株式会社竹書房
〒102-0075 東京都千代田区三番町 8 番地 1 三番町東急ビル 6F
email : info@takeshobo.co.jp
デザイン　antenna
印刷所　中央精版印刷株式会社